修订版

"小橘灯"
青春励志故事
（人文求善卷）

刘素梅 ◎ 主编

不用说教，念故事书就好。

中国华侨出版社

图书在版编目(CIP)数据

"小橘灯"青春励志故事·人文求善卷 / 刘素梅主编.—北京：中国华侨出版社，2012.7 （2021.2重印）

ISBN 978-7-5113-2648-5

Ⅰ.①小… Ⅱ.①刘… Ⅲ.①故事-作品集-中国-当代 Ⅳ.①I247.8

中国版本图书馆 CIP 数据核字(2012)第 159289 号

"小橘灯"青春励志故事·人文求善卷

主　　编 / 刘素梅
责任编辑 / 尹　影
责任校对 / 吕　宏
经　　销 / 新华书店
开　　本 / 787×1092 毫米　1/16 开　印张/16　字数/260 千字
印　　刷 / 三河市嵩川印刷有限公司
版　　次 / 2012 年 10 月第 1 版　2021 年 2 月第 2 次印刷
书　　号 / ISBN 978-7-5113-2648-5
定　　价 / 45.00 元

中国华侨出版社　北京市朝阳区静安里 26 号通成达大厦 3 层　邮编：100028
法律顾问：陈鹰律师事务所
编辑部：(010)64443056　64443979
发行部：(010)64443051　传真：(010)64439708
网址：www.oveaschin.com
E-mail：oveaschin@sina.com

Preface 前言

什么是青春?青春是那悠扬的歌,青春是那醇香的酒,青春是那南飞的雁,青春是那根永不褪色的青藤……有人说:"所谓青春,并不是人生的某个阶段,而是一种心态。是卓越的创造力、坚强的意志、艳阳般的热情、毫不退缩的进取心以及舍弃安逸的冒险心。"

青年人在懵懂中成长,他们拥有风一般的灵动,拥有火一般的热情;青年人崇拜英雄、追逐偶像,学习一切自己感兴趣的知识,而阅读无疑是最好的途径,那些拥有感人事迹的英雄模范无疑是青年人最好的励志目标和学习的榜样。于是,《"小橘灯"青春励志故事》系列图书应运而生。

本书选取了古往今来的最有励志价值的人物,为他们做传,书写他们那或催人奋进、或感人至深的故事,力求将中国民族最传统的美德、最精粹的文化呈现在青年人的面前。要知道,一个国家、一个民族的领袖人物和英雄人物是这个国家的历史标本和精神典范。这些青春励志人物无不有着坚定的理想信念,有着高尚的道德情操,有着伟大的国际情怀。我们传承历史、弘扬民族精神,发生在这些人身上的真人真事才是最有说服力的励志经典。

他们中,既有中国伟人、革命英烈,也有国际友人、平民英雄。由于人物众多,我们将其分为爱国求是、科学求真、人文求善、艺术求美、创业求实五卷,分别讲述了这些励志人物的经典故事。这些英雄模范人物、先进人物的事迹是引导青年们树立正确的核心价值观,树立健康向上的生活态度、积极进取的人生观的最好素材。

爱国求是卷选取的是那些不畏强权,捍卫正义的英雄人物:方志敏、叶挺、李大钊、秋瑾、文天祥……他们为了实现自己心中的正义,与各种各样的反动势力作殊死的搏斗,他们中的很多人甚至不惜牺牲自己的生命。

科学求真卷选取的是那些为了国家和民族的发展而奋斗在科研战线上的科学家们:钱学森、茅以升、李四光、华罗庚、陈景润……他们为了追逐科学与真理、造福国家与人民而努力拼搏,他们中的很多人放弃的是外国更好的待遇和科研环境,甚至自己的健康,他们虽不是烈士,却同样伟大。

人文求善卷选取的是那些著书立说、泽及后世的文化名人,以及一心为民、乐于助人的道德模范:白芳礼、陈逢干、钱钟书、鲁迅、蔡元培……他们为了创造文化、启迪智慧,为了心中的善意,为了能让其他人过得更好而不惜牺牲自己、不惜奋斗终生,他们中的每一个都是值得我们尊敬和学习的人。

艺术求美卷选取的是那些在艺术上取得卓越成就、为人民带来美的享受的艺术大师:常香玉、梁思成、郭沫若、梅兰芳、徐悲鸿……艺术是他们所从事的职业,美是他们毕生的追求。他们最大的成就,就是把美带到了世界的每一个角落,也带进了我们的心里。

创业求实卷选取的是那些立志为人类、为国家创造财富的成功企业家和杰出的劳动者:马云、任正非、袁隆平、王进喜、张謇……他们用自己的双手建设了这个国家,让人民过上幸福美满的生活,他们虽不是英雄,但却是不折不扣的伟人。

希望那些热爱读书的青年人能够形成知荣辱、讲正气、守诚信、作奉献、促和谐的良好风尚,成为对国家和社会有益的人,这是本书编者最大的愿望。

CONTENTS 目 录

| 罗映珍 柔弱妻子创造爱的奇迹 ·················· 1
——我心中唯一的希望就是想把他唤醒,
让他回到健康,然后,我们回家

| 张小玲 残奥会上的五连冠传奇 ·················· 19
——既然来到了赛场,就决不能再胆怯

| 洪战辉 带着妹妹上大学 ························ 15
——做人应该有责任心,能担多大的责任,方能成就多大的事业

| 白芳礼 感动中国的三轮车夫 ···················· 24
——用劳动帮助贫困学生,用双脚踏出美好未来

| 丛 飞 183名贫困儿童的"爸爸" ················ 28
——我所做的是真正有意义的事,我感到很快乐

| 李清友 从贫家走出的慈善大王 ···················· 35
——我就是要用从外国人那儿赚来的钱为中国的贫困人口和
扶贫开发事业做点事

| 匡俊英 致力捐书的书城老板 ························ 40
——在别人需要帮助的时候,应该伸出手去拉别人一把,
这是中国的传统美德

陈逢干 为社会及人民无私奉献的慈善家 …………………… 46

——上学之前贫穷不是你自己的事,上学后依然贫穷,

你自己就有责任

谭千秋 全国抗震救灾的优秀共产党员 …………………… 51

——湖南养育了我,四川培养了我,我不能在这个时候离开

孟二冬 全国教师的楷模 …………………………………… 57

——寒来暑往,青灯黄卷;日复一日,萧疏鬓斑,几乎不敢偷闲半日

者连成 乡村支教教师 ……………………………………… 64

——支教偏远地,一去不回头

任长霞 中国警界的楷模 …………………………………… 72

——向我看,跟我学,对我监督

孔繁森 舍己为人的好干部 ………………………………… 78

——冰山愈冷情愈热,耿耿忠心照雪山

罗盛教 伟大的国际主义战士 ……………………………… 84

——生来只为杀敌寇,殒身不恤救孤童

雷　锋 一颗永不生锈的螺丝钉 ……………………………… 89

——我要把有限的生命投入到无限地为人民服务之中去

诺尔曼·白求恩 救死扶伤的战地医生 ……………………… 98

——战士在火线上都不怕危险,我怕什么危险

埃德加·斯诺 中国人民的好朋友 …………………………… 106

——从根本上说,真理、公正和正义是属于中国人民的事业

胡愈之 出版界"运筹帷幄的主帅" ………………………… 114

——我们的心中只有国家民族,我们绝不存有党派偏私之见

| 钱钟书 清华大学最年轻的教授之一 ……………………… 122
——思想是不出声的语言

| 顾颉刚 中国当代最后一位大师 ………………………… 128
——中国民俗学,你当坐第一把交椅

| 范文澜 马克思主义史学家 …………………………… 133
——学习马克思主义要求神似,最要不得的是貌似

| 吴 宓 中国比较文学的开拓者 ………………………… 140
——于新旧文化取径独异,别成一派

| 郭沫若 继鲁迅之后公认的文化领袖 …………………… 146
——时间就是生命,时间就是速度,时间就是力量

| 林语堂 用英文书写扬名海外的中国作家 ……………… 153
——一个人彻悟的程度恰等于他所受痛苦的深度

| 陈寅恪 清华百年四大哲人之一 ………………………… 158
——独立之精神,自由之思想

| 季羡林 北京大学的终身教授 …………………………… 164
——要说真话,不讲假话。假话全不讲,真话不全讲

| 蔡元培 开"学术"与"自由"之风 ………………………… 169
——与其守成法,毋宁尚自然;与其求划一,毋宁展个性

| 叶圣陶 一生致力教育事业 ……………………………… 176
——教师当然须教,而尤宜致力于"导"

| 胡 适 新文化运动的领袖之一 ………………………… 181
——大胆地假设,小心地求证;认真地做事,严肃地做人

| 宋庆龄 20世纪最伟大的女性 …………………………… 187
——使我不说话的唯一办法,只有枪毙我

| 闻一多 | 中国抗战前唯一的爱国新诗人 193
——诗人最主要的天赋是爱,爱他的祖国,爱他的人民

| 鲁 迅 | "五四"新文化运动的主将 201
——横眉冷对千夫指,俯首甘为孺子牛

| 瞿秋白 | 中国革命文学事业的奠基者 209
——忍将热血转成空,化染江山万里红。索取诗笺题绝笔,书生本色是英雄

| 海 瑞 | 备棺进谏的明朝清官 216
——美曰美,不一毫虚美;过曰过,不一毫讳过

| 况 钟 | 一心为民,两袖清风 222
——法行民乐,民留任迁。青天之誉,公无愧焉

| 包 拯 | 一代传奇黑脸宰相 227
——为国效劳、为民解难,乃我辈本分,何惧之有

| 白居易 | 简易诗派的领军人物 233
——为君、为臣、为民、为物、为事而作,不为文而作也

| 杜 甫 | 伟大的现实主义爱国诗人 240
——为人性僻耽佳句,语不惊人死不休

罗映珍

柔弱妻子创造爱的奇迹

——我心中唯一的希望就是想把他唤醒,让他回到健康,然后,我们回家

姓　　名	罗映珍
籍　　贯	湖南省新化县
出生日期	1980 年 9 月
人物评价	三八红旗手、云南十大人物、优秀共产党员、见义勇为先进个人,2009 年 9 月 14 日,她被评为 100 位新中国成立以来感动中国人物之一。

她只是一个普通的女人,她的愿望也极为普通,只是想过相夫教子的平凡生活。可是,上天似乎和她开了一个大大的玩笑,将她的所有梦想都逐一击碎。面对着生活中所遇到的种种困难,她没有退缩,也没有逃避,她用自己柔弱的肩膀承担起一切。她不离不弃,始终守护在丈夫身边,她用自己无私的爱唤醒了昏迷 600 多个日夜的丈夫,她的名字叫做罗映珍。

幸福的愿望

1980 年 9 月,罗映珍出生在云南省临沧市永德县一个普通的农民家庭,1998 年从临沧市卫校首届计生专业班顺利毕业,然后被分配到永德县小勐统镇计生服务所工作,这个时候的罗映珍刚满18岁。虽然罗映珍是医科毕业,从理论上说对于计划生育工作并不会感到陌生,但是在面对现实中的各种复杂情况时,她还是有着难以启齿的羞涩。可是,罗映珍并没有服输,她一家家走访,尽最大的努力克服困难,做好自己的本职工作。

2001年7月,罗映珍加入了中国共产党,由于表现突出,在2002年的人事改革竞争上岗中脱颖而出,担任了小勐统镇计生服务所的所长。也就是这一年,她和警察罗金勇喜结良缘。

工作爱情双丰收,让罗映珍对生活充满了憧憬和感恩。表面上,罗映珍给人一副女强人的印象,但是实际上,罗映珍更渴望成为一位温柔的妻子,依靠着丈夫的肩膀,然后再有一个可爱的宝宝。这种生活是罗映珍一直以来梦寐以求的,但是现实是作为一名"警嫂",却有着很多不为人知的艰难。聚少离多是常有的事情,担惊受怕也更是时常发生。警察是高危职业,罗映珍和罗金勇工作的临沧市永德县地处云南西南部,境内的3200多平方公里全部都是山区,地形十分险峻复杂,特殊的地理位置和环境让这里成为了毒贩们贩毒的重要通道。贩毒的暴利诱惑了许多不法分子铤而走险,因此,警察随时都有可能面对凶残的毒贩,这一职业的危险性也就更加突出。

工作的危险性、长期聚少离多的生活状况,再加上工作和学习上的压力,让罗映珍和罗金勇在结婚3年以后都没有实现自己心中的愿望:生养一个孩子。2005年的时候,罗映珍和罗金勇商量今年无论如何都要要一个宝宝。等到十一假期,很久没有休假的罗金勇准备趁着假期和罗映珍一起去岳父母家中探望。出发之前,同事们还开玩笑,说要罗金勇抓紧时间完成"人生大事"。可是,没有想到的是,一场危险正默默潜伏在他们回家的途中。

一个英雄的壮举

2005年10月1日，罗映珍和罗金勇乘车去看望罗映珍的父母。途中，罗金勇发现3个手提塑料袋的男子的形迹十分可疑，便掏出警察证命令3个人接受检查，3名毒贩见行迹暴露，急忙从地上捡起石头和木棍，对着罗金勇的头部和身体猛砸，罗金勇没有退缩，而是赤手空拳和3名毒贩搏斗，最后在群众的帮助下，一名毒贩被当场抓获，并现场缴获了两块1150克的海洛因，而罗金勇却因为头部和身体多处受到砸伤倒在了血泊中。经过及时的抢救，罗金勇暂时摆脱了死亡的威胁，可是由于脑部受伤过重，成了"植物人"。

就这样，原本一次普普通通的探亲旅行成就了一个英雄的壮举，但是我们的英雄却有可能再也无法醒来。罗金勇在回家探亲的路上，既没有配枪，而且还是孤身一人，可是他还是没有丝毫犹豫，而是义无反顾地同歹徒搏斗，他同毒贩搏斗的这个过程，也是他从一名普通的警察变成一个英雄的过程。可能很多人会说，缉毒原本是缉毒警察的工作，罗金勇只是一个"文职"警察，根本不该去管这件事，即使要管也不应该在这样的寡不敌众的情况下孤身犯险。

对此，临沧市副市长、市公安局局长陈新钢回应说："那里地广人稀、山高林密，地势险峻复杂，如果当时罗金勇不站出来，只是去报警，那么派出所的人最快也要用1个小时以后才会到达那里，那个时候，毒贩早早已经跑得无影无踪。要是每个人在面临危险的时候都选择退缩，那么这里的禁毒战争根本就无法开展下去。罗金勇能够在那样的情况下挺身而出，是需要有一种强烈的责任感和非凡的勇气的，那是一个真正的人民警察和真正的男子汉才做得出来的举动，也是他多年来一贯敢于斗争、勇于承担的必然结果。"

与死神的终极较量

2005年10月1日14时50分,罗金勇被紧急送往县医院救治,经过初步检查,诊断结果是重型颅脑外伤,病情非常严重,随时都有生命危险。15时30分,县医院神经外科医师主刀,对罗金勇实施了右侧额颞顶去大骨瓣减压、硬膜下血肿清除及脑挫伤清创术,并进行了特级护理。18时45分,手术成功地完成了,这也为挽救罗金勇的生命赢得了宝贵的时间。

罗金勇危在旦夕,但是,他的生命却被无数人关注和祝福着。当然,最关心他,也最着急的还是罗映珍。在重症监护室里,罗映珍每天24个小时都守护在罗金勇的身边,她拉着罗金勇的手,一刻都不肯松开。所有看到这个情景的人都为之动容、落泪。在经过一系列的手术、救治和转院以后,罗金勇的生命终于被挽救了过来,可他还是因为伤势过重而成为了"植物人"。

罗金勇还可以回归警队吗?丈夫还可以回到妻子的身边吗?更为严峻的考验就摆在柔弱的罗映珍面前。100天过去了,罗金勇昏迷不醒;1年过去了,罗金勇依然昏迷不醒。按照医学的角度来说,"植物人"昏迷的时间越长,恢复的可能性也就越小。据说昏迷达到200天以上还能苏醒的"植物人",概率只有百分之几。同时,随着时间的推移,考验的也已不仅仅是昏迷中的病人,还有守护在病人身边日夜操劳的亲人。

此时的罗映珍,就是那个天天遭受各种考验和煎熬的人。

即便面对种种困难,罗映珍都没有退缩,她始终坚持着。"我心中唯一的希望就是想把他唤醒,让他回到健康,然后,我们回家。我还想跟他生一个我们自己的宝宝,过最平凡的日子呢。"罗映珍这样说,这是她心中最美好的愿望,是她的希望,是支撑她坚持走下去、不放弃的原动力。她坚信,只要努力就可能会创造奇迹;而放弃就肯定什么都不可能发生。

期待一个奇迹

时间一天天地过去,罗金勇的病情也一次次出现了险情,面对着几乎没有丝毫进展的治疗,看着病房里面的人一个个离开,日子仿佛就这样终日循环着,显得尤为漫长,希望也在一点点地被吞噬。这个时候,就算是专业的医护人员也会感到身心俱疲。此时的罗映珍身体疲劳不堪,内心也遭受着各种煎熬,精神上的重大压力、对未来生活的担忧恐惧,伴随着时间的推移,也愈加强烈。

表面上看,罗映珍依然开朗乐观、镇定自若,并对未来充满信心,依然每天从早到晚地为罗金勇忙个不停。可是,超负荷的辛劳和压力又透露了另外一些情况:一位只有 27 岁的女子就已经长出了越来越多的白头发,脸上也开始留下了一道道无法抹平的细纹和长年累月因为失眠焦虑而留下的黑眼圈,体重也迅速地减去了 20 多斤。

在这些奔波的日子里,柔弱的罗映珍依然在病房中忙碌个不停,她无时无刻不在祈祷丈夫能够早日苏醒,早日恢复健康,但是这个愿望却又是显得那么遥不可及。很多时候,在罗映珍感到彷徨无助的时候,她就任由眼泪肆意地流淌。但是过后,她还要继续选择坚强,因为她深深地明白,她必须坚持下去,她不能有丝毫的泄气,不能有丝毫的退缩,她是罗金勇走向康复的最后依靠,也是最坚实的屏障,她必须用自己柔弱的身体去迎接生活给予她的磨难,她还没有完全绝望。

每当罗映珍在医院忙碌一天返回出租房的时候,那些疲惫和焦虑就会如同潮水般向她涌来,让她毫无招架之力,只能一次次挣扎、一次次给自己打气。每当夜深人静的时候,罗映珍都会重复地做着两件事情,一件事情是翻阅各种相关的医疗书籍,寻找哪怕一丝可以唤醒丈夫的可能性;另外一件事情就是写下当天的日记。阅读医疗书籍也许只是给她自己增添一些力量,而写下一天的日记则是为了再次点燃心中感情的热火,让她在一个人在面对所有事情的时候不再感到孤单和恐惧。

就让我们一起来看看罗映珍所写下的日记的几个片段吧,让我们去感受一下一个柔弱的女子是如何承担起生活的重担的:

……今天是第247天了,你的病情依旧没有进展。晚上,我疲惫地回到小屋,躺在床上却思绪万千,难以入睡。书上说,夫妻不是两个人,而是二者合一,结为一体。真的是这样,你我早已合二为一,你是我的全部,我亦是你的所有,舍一不可。没有你,我就像一棵枯萎的草,生活毫无意义,绝望地数着日子,何时才能盼得你醒啊?

……亲爱的老公,不知道怎么回事,这段时间老是有蝴蝶飞进屋来,也许是附近种着花草吧。有时候,我在想,会不会是你化成蝴蝶想接近我?我听说蝴蝶是爱的化身,代表爱情,梁山伯和祝英台就是化成彩蝶比翼双飞的。我真的好想和你一同远离这喧嚣的城市,到开满鲜花的地方平静地生活,像蝴蝶一样在花间飞舞。为了这种日子早点儿到来,我要用尽全部力量好好爱你。

……亲爱的老公,433天了。老婆告诉你,只要你能站起来,我们就一定能有自己的孩子,只有你身体健康才会有聪明健康的小宝宝……我每天靠在你的枕边不停地说、不停地讲,自己都被感动得流泪了,可你依然不为所动,老公,你就算是一座冰山也熔化了,是块石头也熔热乎了。我每天这样轻言细语地和你说情话、忆往事、讲将来,不停地给你打气。一次又一次,对你说我需要你的爱、我会永远等你,也请你永远不放弃,把我们的婚姻、我们的爱情、我们的家庭坚持到底。我只想用我的善良、我们的爱去感化你、去创造奇迹,我坚信爱是最伟大的力量。

这样的日记,罗映珍每天都会写,在这段时间里,她写了满满15册,共10多万字。与其说这是日记,不如说这是她写给未来苏醒后的罗金勇的一封封书信。她这样每日不停地写是为了将每天发生的事情记录下来,好让有一天醒来的丈夫能通过这些日记来了解世界发生过什么变化,填补生命中的这段空白。白天,罗映珍会在病房里把自己的日记读给罗金勇听,她希望能用这种独特的方式去唤醒沉睡的丈夫,用爱心去创造生命的奇迹。她相信奇迹终究会出现,因此她总是选用薄薄的日记本去书写,她觉得写完这一本,或者最多等到写下一本时,奇迹就会来临。

2006年8月20日,在罗映珍又一次给罗金勇读完自己的日记时,奇迹真的出现了。"那天,我像往常一样,对他轻声说话、读信。我让他握我的手,他真的握了;让他眨眼睛,他也真的眨了。我开始不相信这些是真的,但是他真的有反应了,我当时就哭了。他每一个细微的反应对我都是天大的喜讯。"说到丈夫病情的好转,罗映珍脸上出现了久违的笑容,"他现在的反应还很微弱,一般人很难察觉到,但是只要你不停和他讲话,他偶尔也能眨眨眼睛、哼两声,还会长长地叹气。"这一点点细微的回应让罗映珍看到了希望,也是对自己"不抛弃、不放弃"的所有努力的最好的肯定。

有爱相伴,我们的未来还有更长的路要走

罗映珍用自己的行动向人们完美地诠释了不离不弃这个词的含义,也让人们见证了又一个爱的奇迹。根据云南省公安厅宣传处的一名女干事马丽娜回忆:2007年6月8日,在我刚到北京医科大学宣武医院的那天,医生给罗金勇做身体全面检查的时候,发现卧床600多天的罗金勇居然连褥疮都没有长,这让当场的医生和护士们都吃惊不已,感到不可思议。但是,当我得知罗映珍为她的丈夫都做了些什么的时候,我终于明白了为什么罗金勇在生死攸关的时候能够顽强地活下来,并且在漫长的治疗过程中可以一天天康复起来,并创造了一个又一个的医学奇迹。"

一年以后,马丽娜回忆起和罗映珍一起在北京的几个月,还动容不已:"记得那年的夏天,北京的天气特别炎热,人只要一出门就会满身是汗,罗映珍就是在这样酷热的天气里每天奔波在医院和出租房之间。很多时候,她需要喝藿香正气水才能保证自己不中暑。有一天的中午,我发现她心情非常低落,就询问了她好久,她终于告诉我,和她一起护理的看护护工在给罗金勇翻身的时候没有把手放好,手臂被压着了,说着说着,眼泪就流下来了。而在一旁的我却不知道应该用什么话去安慰她。可是我明白了她为什么能够那么细心,因为她的心里装的只有罗金勇。她不愿意离开罗金勇,总想着时刻陪在他身边,只有这样她才能放心、才能踏实。"

2007年6月,罗金勇被送往北京医科大学宣武医院接受治疗,罗映珍积极配合医生帮助罗金勇进行肢体、语言功能和自知能力等相关训练。

2007年6月的一天,罗金勇可以在纸上弯弯扭扭地写下"老婆我爱你!"这几个字了,看到丈夫写下的这些字,罗映珍再也忍不住,终于大哭起来。昏迷了700多个日夜的罗金勇终于恢复了。罗映珍用爱创造了一个奇迹。

2009年6月,罗金勇返回到昆明继续接受康复治疗。

罗金勇,用自己的行动和热血履行了警察这一神圣的职责。

罗映珍,用自己柔弱的肩膀,不离不弃地守护在罗金勇身边,用爱唤醒了昏迷多日的丈夫。

对罗映珍的崇高品质,党和人民都给予了极高的评价,罗映珍先后被授予云南省先进工作者、全国模范公安民警家属、全国三八红旗手、全国五一劳动奖章、2007年感动中国十大人物等多项荣誉。

2007年5月,罗映珍被云南省公安厅特招进入人民警察队伍。全社会很多人都被他们之间不离不弃的患难之情所感动,他们的日子被爱包围着,用爱创造了一个又一个奇迹,日子也变得温暖起来,希望他们之间的爱能让更多人明白并坚信爱就在我们身边。相信爱,就能让奇迹出现!

张小玲

残奥会上的五连冠传奇
——既然来到了赛场,就决不能再胆怯

姓　　名	张小玲
籍　　贯	广西壮族自治区
出生日期	1957 年 11 月 21 日
人物评价	著名残疾人女子乒乓球运动员、残奥会乒乓球项目五连冠获得者。

　　张小玲,一个从小梦想着在奥林匹克上大展身手的女子,却横遭意外,右腿被截肢,但她身残志坚,抱着自己的"奥林匹克梦"一步步挣扎着前进,她坚信付出终会有收获,从而顽强拼搏,最终成就了残奥会上的五连冠传奇,她被人民称为"乒坛皇后"。张小玲是一个真正的英雄。

从小就想当世界冠军

　　童年时期的张小玲是一个很活泼的人,虽然家庭条件不是很好,小的时候,张小玲就帮助家里放牛、割草,或者做些家务活,但在做完这些之后,张小玲还和同伴们一起在村门口的那片宽阔地玩耍,那时候,有一个伙伴拿出一对像小型扇子的拍子,还有一个鸡蛋大小的球,那时,张小玲还不知道这个叫做乒乓球。张小玲第一次接触到拍子打球就把那个伙伴打败了,因此张小玲觉得自己适合打乒乓球。

知道乒乓球这个名字,张小玲还是从电视上得知的,那是一个傍晚,张小玲的母亲刚回家休息,打开电视,就看到两个运动员在打乒乓球,张小玲的母亲没有什么兴趣,便要换台。眼尖的张小玲看到了,便说:"妈,看刚才那个台。"

张小玲的母亲将台换了过来,张小玲站在母亲身边,目不转睛地望着电视,听到解说员的说词,张小玲知道了"乒乓球"这个名字,她激动地看着电视上运动员高超的球技,心想"有一天,我也要像她们一样。"从那时候开始,张小玲便爱上了乒乓球这项运动。在上学的时候,她便利用课间10分钟和同学在操场上打球。在坚持不懈的训练中,张小玲的球技与日俱增,很快在钦州,人人都知道有一个叫张小玲的女孩很喜欢打乒乓球。

然而,天有不测风云,人有旦夕祸福,张小玲的冠军梦迎来了第一个难以跨过去的坎儿。

就在张小玲打算参加比赛时,却意外发现自己的右脚长了些疙瘩,很痛。家人扶着她去检查。经过一系列的检查,医生说:"这是恶性肿瘤,还是会再生长的,直到死去。现在的情况,只有截肢才能保住性命。"

张小玲惊呆了,她以为自己听错了。要把右腿截去,她怎么站立?怎么打乒乓球?从小的梦想该如何实现?张小玲不敢想下去。她绝望地问:"还有没有别的办法?我不怕痛。"医生看着张小玲,摇了摇头。为了活下去,张小玲选择了截肢,2/3的右腿被切割掉了。

出院后的张小玲安装了假肢,但行动很不方便,打乒乓球肯定是不行了。在之后的一年,张小玲似乎失去了人生的目标,她干什么都提不起精神,变得颓废、消沉。父母看在眼里,非常担心她。

有一天,张小玲打开电视,却意外地看到了电视上正在播放残疾人奥林匹克运动会,在电视上,张小玲看到一个个比她还不幸的人在运动会上拼搏,身残志坚,尤其是看到这些人身上挥洒着自信的光彩,虽然身体残疾,可是他们的精神却比任何人都完整,因此,张小玲似乎看到了希望,她决定要有意义地活下去。

她开始去找工作,却遭到了一次又一次的拒绝,最后没办法,只好在家乡开了个小卖部,由于张小玲是残疾人,再加上她诚信经营,小卖部的生意很快打开了局面,慢慢地红火起来。

生活有了着落,张小玲也开始恢复了乒乓球的锻炼,她相信"只要功夫深,铁杵磨成针",一有空,张小玲就不停地练习打乒乓球,她期待自己也能够登上残奥运,为国争光。

只要功夫深,铁杵磨成针

1985年,张小玲决定参加在桂林举行的乒乓球锦标赛,张小玲是首次参加这样正式的比赛,又是在桂林——人生地不熟的地方,因此张小玲有些担心,不知道自己能不能拿到一个好点儿的名次。那时,她第一次出远门,有点儿底气不足,毕竟截肢后,她从来没有跟别人较量过。

在登上比赛的舞台时,张小玲仿佛变了一个人,"既然来到了赛场,就决不能再胆怯!"她在心里给自己打气。出乎意外的是张小玲在这场比赛中以2比1赢得了冠军,这是张小玲第一次获得冠军,对她来说意义非凡,这次的成功使张小玲变得很自信,也对她以后的道路起了非常关键的作用。由于在比赛中表现出色,张小玲引起了广西队领导的注意。

1987年,张小玲参加了河北省举行的第二届全国残疾人运动会。张小玲知道自己这次面对的是来自全国各地的对手,于是她加强了自己的锻炼强度。训练的时间长了,张小玲安装的假肢就不堪负重,就变得很松,只好再换假肢。即使是这样,张小玲也没有放松自己的训练,她说:"命运给你的机会,无论怎样,都要用尽全力抓住机会。"

在第二届全国残疾人运动会上,张小玲表现得很优秀,不仅获得了一枚单打的冠军,而且还取得了全体的冠军。在张小玲一次次的不懈坚持中,她的命运终于开始好转,张小玲在这届运动会不久后便被入选残奥会集训队,张小玲正在朝着她的梦想一步步坚定地走着。

张小玲的奥林匹克梦

自从被入选残奥会集训队,张小玲的训练更加苛刻了,她把一年中的大部分时间全都用在训练和比赛当中,为了实现自己的梦想,张小玲决定全力以赴。她说:"自从我第一次在电视上看到奥林匹克运动会,我总是幻想着有一天能够站在领奖台上,然后国歌开始响起,这种感觉真是太棒了。"

为了训练,张小玲还要忍受换假肢之苦。每次换假肢都像是经历了一场颇为残酷的战争,换假肢的痛苦是旁人无法体会到的,换假肢每次都有磨合期,在磨合的那段时间里,假肢与残腿的每次摩擦就像是用刀子刮过一般,疼痛难忍。在这段时间里,张小玲常常痛苦得满头大汗,但她还得继续训练,因为在她心里藏着一个奥林匹克梦。为了这个梦想,她能忍受一切痛苦。

教练和队友都不忍心看下去,劝她在磨合期的时候休息几天,张小玲明白"台上一分钟,台下十年功"的道理,她怎么也不肯中断自己的训练。她心里明白,对一个运动员来说,状态的重要性不言而喻,为了保持这种状态,运动员往往不管刮风下雨,都在坚持着锻炼,对于练习乒乓球来说,更是如此。稍微放松一下,就会影响到自己的球技,从而影响到比赛结果,这是张小玲最不愿意看到的,所以她咬着牙坚持。

1988年，张小玲跟着中国残疾人体育代表团参加汉城残奥会，在第八届残疾人奥运会上，张小玲获得了两块金牌，她经历的身残志坚的故事在汉城奥运会上开始传向万家，人们称张小玲为"乒坛皇后"。

这次，张小玲受到的痛苦更剧烈，当时参加残奥运时，张小玲腿上装的是廉价的假肢，足有4公斤重，走起路来很不轻松，当时由于训练多，而且摩擦也多，张小玲的右腿被磨得起了很多小泡，好在张小玲出国前带了足够的膏药，贴上膏药便可以让疼痛减轻不少，也能减少假肢与残腿之间的摩擦。

但每次换膏药都是痛苦不堪或者说是惨不忍睹。每次换药都要耗费半小时到一小时之间，当时的洗澡条件很差，没有像现在这样有普遍的淋浴，换药时，药根本泡得就不足，这样，在把膏药撕下来的时候，就会连带着下面的皮肉也跟着撕下来了，从而导致鲜血直流，胆小的张小玲根本就不敢看。锥心的痛让张小玲晚上也常常睡不着觉，到最后实在受不了了，张小玲会抹点儿万花油止痛。但只要一动，张小玲还是痛得倒吸一口气。

比赛后，张小玲的教练看着她血肉模糊的腿，这个坚强的男子汉也不禁流下了泪水。

好在张小玲的痛苦没有白费，她终于凭借着自己顽强的意志力和坚持不懈的精神实现了自己的奥林匹克梦。

自强不息，天道酬勤

自从在桂林拿到第一块金牌，张小玲便处在艰苦的训练中，一年中的大部分时间都是用在训练和比赛上，张小玲的家人很支持她，张小玲的丈夫说："人应该有梦想，我们全家都支持张小玲完成自己的梦想。"由于长时间处于比赛和锻炼，张小玲常常觉着愧对自己的一双儿女。

现在的张小玲不仅仅是一名运动员，还是政协委员，张小玲觉得对国家的贡献不应该只是体现在体育方面,其实一个人的价值是多方面的,只要能够站在人民的立场上,为人民谋福利,都可以看做为国家作出了贡献。

从失去右腿的厄运中,张小玲站起来了。身残志坚、努力拼搏,朝着自己的梦想,一步一个脚印,终于成就了她的奥林匹克梦,成就了她的五连冠的梦想,也终于成为了一个对国家有贡献、有价值的人,从而获得了有价值的人生。

洪战辉

带着妹妹上大学

——做人应该有责任心,能担多大的责任,方能成就多大的事业

姓　　名	洪战辉
籍　　贯	河南省周口市西华县东夏镇洪庄村
出生日期	1982年
人物评价	2005年年度感动中国十大人物、长沙市奥运火炬手、全国道德模范。

洪战辉原本有一个幸福的家庭,但命运却跟他开了个大玩笑。12年间,洪战辉用稚嫩的肩膀扛起了养育妹妹、照顾父亲的责任,风雨无阻。洪战辉带着妹妹上大学,感动了中国。困难并没有压倒他,反而让他更坚强,让他成了新一代的时代偶像。

童年时期的故事

周口市西华县位于河南省的东南部,东夏镇洪庄村是属于西华县所辖的地区,位于西华县较为偏远和偏僻的地方。洪庄村大部分村民的姓氏大多都是洪,洪庄村只是这个方圆百里的豫东平原上一个小小的村庄,村里有着几百户的人家,从村庄到镇里,只有一条崎岖且坑坑洼洼的山路可走。

1982年的一天,洪庄村新添了一个人口——洪战辉。洪战辉的父母都是当地普通的农民,平时以种地为生,生活虽不富裕,倒也足够维持温饱。洪战辉是家中的长子,他还有一个弟弟和一个妹妹,所以他的童年充满了乐趣。他的童年和众多的农村孩子一样,都是在掏鸟窝、去河边游泳中长大起来的。虽然很多时候,调皮的洪战辉给这个家庭带来很多烦恼,但更多的是欢乐。

1994年,洪战辉正在上小学五年级,年仅12岁的他在8月底的一天亲眼目睹了一场家庭悲剧。这一天中午,一向慈祥的父亲从洪战辉的姑母家回来突然无缘无故地发起火来,父亲不停地在房间里来回走动,烦躁不安,心神不宁,父亲的这种异常举动吓坏了一家人。突然,拼命地砸家里的东西,将家里的碗、面缸、桌子、暖壶、窗户全部砸碎。母亲在对父亲的劝阻中也受了伤,洪战辉和母亲都无法制止父亲的举动,妹妹"可可"害怕的蹲在一边哭泣。无法控制的父亲一把举起旁边的妹妹狠狠地摔在了地上,顿时间,鲜血直流。洪战辉和弟弟顿时傻了眼,母亲瞬间晕了过去。闻讯赶来的好心邻居将母亲、父亲和妹妹送往医院,不幸的是,在送往医院的途中,妹妹就停止了呼吸。经医生诊断得知,父亲得了间歇性精神病,只能接受住院治疗。

妹妹死了,父亲疯了……在当时年幼的洪战辉看来,不亚于晴天霹雳。他的心情变得沉重,那些欢乐的时光似乎从此远离他而去。洪战辉觉得生活似乎跟他开了一个巨大的玩笑。

然而,洪心清从心里否认自己杀害了女儿,他对这个女儿的疼爱不少于对洪战辉兄弟二人,当洪心清清醒的时候,总是无法原谅自己。这一年的腊月,外出的洪心清没有及时回家吃饭,洪战辉就和母亲担心父亲旧病复发,别惹出事来就出去找洪心清,半个小时后,洪战辉看到了父亲,父亲正在抱着一个女婴,眼光里充满了父爱,就像当初父亲看妹妹的眼神。母亲问清了婴儿的来历,原来是洪心清在河边捡来的。

当初为了看好洪心清的间歇性精神病,家里已经负债累累,不管怎样,抚养一个孩子总是要花费一笔不小的开支,但洪心清却很喜欢这个孩子,他不舍得,也不忍心把这个孩子丢在原地。

直到天快黑的时候,洪战辉抱起女婴,女婴就直往他怀里钻,这种熟悉的感觉让他想起了自己的妹妹,于是他亲切地叫这个孩子为"洪趁趁"。

家里的经济状况在洪心清得了间歇性精神病后就呈直线下滑,很长一段时间,家里连买奶粉的钱都没有,洪战辉只好抱着女婴去让村里那些正在抚养孩子的妇女喂奶。女婴一天天成长,看到女婴,母亲就会想到已经死去的女儿,想起女儿带来的欢乐,心头越发难受。洪心清把对死去女儿的内疚让他把所有的父爱都倾注在这个女婴身上。家里的经济条件越来越吃紧,洪心清的病还不时地会发作,脾气变得非常暴躁。

后来,洪战辉的母亲不堪生活贫困和脾气暴躁的丈夫,离家出走了。

母亲离家出走后,全家生活的重担就落在了洪战辉稚嫩的肩膀上,洪战辉似乎一夜之间长大成人,他明白今后的路只能靠他自己。他变得沉默寡言,有了大人们才会有的忍耐。他要做的事情很多,包括抚养幼小的洪趁趁、伺候病情不稳定的父亲,还得照顾弟弟,有空时还要寻找出走的母亲。

洪战辉在镇上读初中,学校与家有很远的距离,洪战辉只好把妹妹寄放在别人家里,以防父亲会忽然发病而伤害妹妹,放学回到家里,洪战辉还要整理家务、做饭、洗衣。家庭没有了收入来源,洪战辉开始学着做些力所能及的小买卖来挣点儿钱养家和照顾妹妹。

努力改变一切

在镇上读初中3年里,洪战辉每天都做着重复的事情:早上5点多起来,做饭、泡奶粉给妹妹喝,然后把妹妹送到邻居家,最后他去上学。放学回来后,他还要清洗衣服、做饭、整理家务,收拾妥当后,洪战辉还要写作业、预习功课,常常要到夜里 12 点钟后才能入睡。每天从学校来回有近十里的路程,洪战辉却舍不得鞋子,常常光着脚走路,崎岖的山路扎得脚很痛,不久,洪战辉的脚底都结满了一层厚厚的趼子。

尽管生活如此艰难,洪战辉的学习成绩依然名列前茅。1997,洪战辉顺利地考上了河南省重点高中——西华一高,在洪战辉那一届中,考上西华一高的只有 3 个人,洪战辉成了东夏镇中学的一个传说。

接到通知书的那一刻,洪战辉傻眼了,高中的学费虽然不足两千元,但对当时的洪家无疑是笔天文数字,洪战辉决定打工筹钱。

那时的洪战辉只有 16 岁,还不到法律规定的成人年龄,也就是说从法律上来讲,他还只是一个孩子。洪战辉看起来又瘦又小,仿佛没有什么力气,再加上招用童工是违反法律的,洪战辉在周口待了几天,却没有人敢用他。最后,无奈的他只好回到西华县。

在繁华的市里找不到工作,洪战辉就去郊区的工地看看能不能找到工作。洪战辉找到了一个正在建大棚的工地,于是他前去应聘,经理一看还是一个孩子,便让他走人。一次不行就试两次,为了生活,洪战辉别无他法。最后,经理在听说洪战辉的故事后很是同情,于是给了洪战辉一份传递钉枪的工作。洪战辉很珍惜这次机会,没日没夜地拼命干活,假期快到的时候,洪战辉领到了近 1000 元的工资。

邻居和学校也给洪战辉凑了 1000 多元钱,洪战辉攒够了学费,终于能够到西华一高报到了。到学校后的洪战辉很担心妹妹,不知道父亲的病有没有复发,也不知道谁在照顾家里。当学校生活安定下来后,他决定把妹妹接到自己身边。

洪战辉在学校附近租了间房子,然后在朋友的帮助下,把妹妹接到了身边。生活的轨迹似乎又回到了初中那几年,那时,他每天都在学校和住处来回奔波。早上起来后,他做好早餐,然后喊妹妹吃饭,吃完早点,他就开始叮嘱妹妹要注意的事项,然后去上学。中午和晚上,他都是回来做饭和妹妹一起吃。

来到县城读书后,开支变得大了,每月他还要租房、吃饭,还要照顾父亲,这都需要很多钱。没有经济来源,这种好不容易才建立起来的平衡很快就会被打断,于是课后和周末想办法挣钱成了洪战辉必不可少的任务。

这样,洪战辉在校园里开始做起了一些小本儿生意,比如卖电话卡、发传单、给宿舍送水、卖泡面,等等,周末的时候,洪战辉选择了做家教,做家教挣钱多,而且他的成绩也很优秀,就这样,洪战辉用这些微薄的收入维持着全家的生活。

像商贩一样在学校到处推销是很容易招致别人的反感的,容易给人一种唯利是图的印象,所以一开始,洪战辉在做推销的时候不是那么顺利,一些同学宁愿去学校外面买价贵又不好用的东西,也不选择买洪战辉手里物美价廉的东西,甚至还会引起很多的误会,有的时候,去宿舍推销的时候还会被同学们赶出来,洪战辉感觉很尴尬,但他不得不继续敲门。

洪战辉边挣钱边照顾妹妹,还要给父亲买些治疗间歇精神病的药,还要兼顾学习,于是洪战辉每天都很疲惫。高二上学期,洪战辉的父亲旧病复发,被邻居送到了医院。高昂的医药费让洪战辉感到很犯难。

因此,洪战辉不得不辍学挣钱、攒钱,他回到农村老家种地,在农闲的时候做点儿小生意,家里的经济状况渐渐地好了起来,洪战辉又有了返回校园的念头。

在西华老师的帮助下,洪战辉又返回了校园读书。妹妹已经6岁了,到了读书的时候,他在附近找了所小学,于是,兄妹二人都开始上学了。

必须担负的责任

洪战辉的生活又开始了重复。

和以往一样,他在学校附近租了一间房子,照顾妹妹和辅导妹妹的学习。这一年,父亲的间歇精神病又发作了,洪战辉把父亲送到了精神病医院,因为没有住院费而被医院拒绝接收。

10月,有一个医生听说了洪战辉的故事,他决定帮助洪战辉。不久后,一家医院愿意接收洪战辉的父亲而且不收取住院费。洪战辉把父亲送到医院之后又赶紧回家去拿住院用品,当时,天已经黑了,路滑不好走,本来医院附近有卖住院用品的,但洪战辉觉得太贵了,所以没买。医院到家然后返回将近100里,走到半道的时候天已经很黑了,洪战辉极度疲惫,他总是努力地睁开眼睛,但眼皮似乎越来越沉重,慢慢地眼皮合拢了,结果洪战辉栽倒在路旁的草丛里,他实在太困了,竟然睡着了。等他醒来时,东方已经开始露出鱼肚皮的白。

这时,洪战辉发现身上有不少摩擦产生的伤痕,冷风吹来,洪战辉痛得咬紧了牙。洪战辉站起来,他知道,父亲还在医院等着他,他一刻也不能等,早点儿到医院,父亲就能早点儿休息,而且他还要返回学校去上课。

"人生中有些责任是必须担负的"。洪战辉说。

上高中时,洪战辉学习更加刻苦。他通过做图书批发挣了两万多元,还清了自己欠的学费。高中生活即使再艰难,洪战辉都拒绝接受别人的赞助,也没有申请过学校的贫困生助学金。他认为,不是自己双手挣的钱决不能花在自己身上。

2003年7月,洪战辉参加了高考。他说,他要考上大学,他要改变自己的命运。

背着妹妹上大学

洪战辉顺利地考上了湖南怀化学院,可接到通知书的洪战辉并没有高兴起来,他看着通知书上5000多元的学费不知所措,他只好利用暑假去打工,整个假期下来,洪战辉挣了两千多元,他把妹妹托付给邻居照顾,自己只身去湖南看看。

湖南怀化学院很大,校园依山傍湖、钟灵毓秀,文化气息很浓郁,洪战辉一走进这里就感觉很亲切。洪战辉想,无论如何自己都要上大学,要改变自己的命运,所以当他看到新生们纷纷向家里打电话报平安时,洪战辉觉得挣钱的机会来了,他找到一位电话卡销售商,说明了自己的来意,并把自己身上所有的钱都压在销售商那里当押金,洪战辉回到怀化学院,向同学们售卖电话卡,一晚上就卖出了100多张,提成200多元。

为了挣够足够的钱,洪战辉没少动脑子,看见宿舍里的同学相互推诿不肯去打水,洪战辉开展了一项为同学送水的业务,他还代理过丁家宜在怀化学院的经销权。

一天,洪战辉回到老家,当他看到妹妹一个人玩耍,而别的孩子都在学校学习,他非常内疚,他知道教育对一个从农村长大的孩子的重要性。洪战辉觉得无论如何都不能让妹妹辍学,这样会耽误妹妹的未来。他决定带着妹妹去上学。

回到怀化后,洪战辉开始帮妹妹处处留意读书的机会。在同学帮助下,洪战辉很快就找到了接收妹妹插读的小学,学院也破例单独给他安排了一间宿舍,他们兄妹二人终于可以聚在一起,洪战辉心里的一块石头总算落了地。

生活的艰难让洪趁趁从小就变得很懂事,她学会了做饭,学会了分担那压在哥哥身上的重担,也开始做些力所能及的事情来挣点儿钱,有时候,她会帮哥哥去送水。看到妹妹的成长,洪战辉觉着很欣慰。

当洪战辉的事情被报社刊登后,引起世界各界人们的关注。一时间,各大报纸、网站纷纷转载洪战辉的故事,当社会各界知道洪战辉的情况后,不少人提供财力、物力的帮助,但被他谢绝了:"不接受捐款,是因为我觉得一个人自立、自强才是最重要的。苦难和痛苦的经历并不是我接受一切捐助的资本。这个社会上有很多处在困难中却无力解决困难的人们,他们才是我们现在需要帮助的人。"

学校的老师也被洪战辉的故事所感动,他们主动捐款给洪战辉,被洪战辉给拒绝了。洪战辉说:"我不需要帮助,因为现在所有的困难,我完全可以自己试着去解决。这个社会或者这个学校还有很多需要帮助的人,你们应该帮助他们。"洪战辉依然坚持着自己的原则:不是自己挣的钱,决不能花在自己身上。学校只好免了洪战辉的部分学费,尽量帮洪战辉解决他妹妹的问题。来自世界各地的汇款全都被洪战辉回绝了,或者把它汇给了他觉得更需要帮助的人。

苦难,是个沉重的话题,洪战辉却把苦难当成了人生的必修课。对于自己能够感动这么多人,洪战辉说:"不是我感动了中国人,而应该是这些人被自己感动,因为这些人心中原本就有爱心,心存责任。"

在洪战辉坚强和乐观的坚持中,洪家的情况越来越好,洪战辉父亲的病情也得到了很大的转变,发病的概率越来越小,在外漂泊多年的母亲也回到了家中,承担起了一个母亲的责任;在外打工的弟弟也有了消息。"你看,只要你坚持,所有的黑暗和苦难必将过去。"洪战辉高兴地说,"每个人都要有责任心,能担多大的责任,方能成就多大的事业。"

2005年,洪战辉被评为"感动中国"十大人物之一,"感动中国"栏目给他的颁奖词是:"他还是一个孩子的时候,就对另一个更弱小的孩子担起了责任,就要撑起困境中的家庭,就要学会友善、勇敢和坚强。生活让他过早地开始收获,他由此从男孩变成了苦难打不倒的男子汉,在贫困中求学,在艰辛中自强。今天他看起来依然文弱,但是在精神上,他从来都是强者。"

同年,教育部发布了《关于开展向洪战辉同学学习的通知》,在全国各地掀起了一股学习洪战辉行为的热潮。在不到两年的时间里,关于洪战辉的书籍一版再版,《中国男孩洪战辉》一书就发行了250多万册,洪战辉更是被当代青少年视为新一代的时代偶像。

白芳礼

感动中国的三轮车夫

——用劳动帮助贫困学生,用双脚踏出美好未来

姓　　名	白芳礼
籍　　贯	河北省沧州市沧县白贾村
生卒时间	1913年6月7日~2005年9月23日
人物评价	2009年当选为百位感动中国人,2011年感动中国特别奖获得者。

2004年12月2日,一名来自天津的91岁的老人成功入选"感动中国年度人物评选",成为20名候选人之一。当他的名字、照片及事迹与袁隆平、刘翔、任长霞等人同时在央视新闻节目中播出时,全国人民为之震撼了——大家很难将35万元的支教款与新闻中瘫痪在床、面容清瘦的老人联系起来,他就是白芳礼。一位老人、一辆三轮车、35万元捐款、300多名贫困学生……当人们将这些词组一一连线后,就可以勾勒出白芳礼老人伴着坎坷、误解、坚持与慈爱的伟大的一生。

最普通的劳动者

白芳礼生于1913年,祖辈贫寒,13岁起就给人打短工。他从小没念过书,1944年,因日子过不下去而逃难到天津,流浪几年后当上了三轮车夫。

靠起早贪黑蹬三轮车度日的白芳礼经常受人欺负,再加上旧社会苛捐杂税众多,因此他虽然每天拼命干活,但还是食不果腹、衣不蔽体。

白芳礼终于熬到了新中国成立。翻身得解放、当家做主人的白芳礼靠自己的两条腿成了为人民服务的劳动模范,也靠两条腿拉扯大了自己的4个孩子,其中3个上了大学。同时,他还供养着20岁就守寡的姐姐,并支援侄子上了大学。一个不识字的老人,对自己能用三轮车碾出一条汗水之路、把子女培养成大学生感到无比欣慰。白芳礼老人的儿子回忆说,父亲虽然没文化,但就是喜欢知识,特别喜欢有知识的人,从小就教导他们要好好学习,谁要是学习不好,他就会不高兴。

1974年,白芳礼从天津市河北运输场退休了,但为了供孩子上学,他来到一家油漆厂做工人,按他的说法叫"发挥余热"。

1982年,白芳礼从油漆厂第二次退休了,退休后的他仍然不甘寂寞。在改革开放的大环境下,白芳礼重操老本行,干起了个体三轮客运。老人每日里早出晚归、辛劳奔波,终于攒下了5000元养老钱,可以安度晚年了。

因心愿而伟大

1987年,饱经风霜的白芳礼老人已经74岁高龄了,但是,老骥伏枥,志在千里,他立下了一个心愿,决心做一件大事,那就是靠自己蹬三轮的收入帮助贫困的孩子实现上学的梦想。

那一年，准备告别三轮车回家养老的白芳礼回了一趟河北省沧县的老家，一群正在地里干活的孩子们引起了他的注意，一问才知道，这些孩子不是不想上学，而是没钱上学——学校收不到学费，也就没钱留住老师，没有老师，学生们跟谁学文化？"学生上学需要钱、学校要留住老师需要钱、旧校舍改建需要钱……"，一想到这些，老人辗转难眠，自己当年就是因为穷才逃难到天津，过了几十年，家乡的穷困状况毫无改观，没有知识怎么行？难道要看着这些孩子像祖辈一样当文盲？

就这样，白芳礼回到天津后白芳礼重操旧业，又蹬起了三轮车，之前攒的5000元养老钱也成了老人的第一笔助学捐款被送到了家乡。74岁，他的另一段征程刚刚开始。

那时，白芳礼总是一大早就出门，晚上11点多才回来，就连冬天也不例外。儿女们担心他，轮流在家门口等，看到老父亲回来了才算松口气，可是，三番五次地劝说，对于家人的想法，白芳礼都听不进去，无论儿女们如何反对、如何阻挠，固执的老人就是坚持己见，绝不放弃。最后，大家终于没办法了，"只要他自己高兴就干呗，再好的生活，如果他不喜欢，也不会感到舒服。"老人的儿女们只好用这样的话来安慰自己。就这样，靠着老人风里来、雨里去地蹬车，一笔笔款项被捐助到天津市中小学幼儿教师奖励基金、中国青少年发展基金会、河北区少年宫等部门。

后来，为了加快对困难学生资助的脚步，白芳礼干脆搬到自己在东站附近搭的简易的塑料棚子中居住。同时，他24小时等候乘客，吃得特别简单，穿的衣服有些甚至是捡来的。在他节衣缩食的积攒下，不仅河北老家受到了捐款，就连天津市的红光中学、南开大学、天津大学等学校的特困学生们也纷纷收到了来自白芳礼的助学金。

在捐款支教的最初，白芳礼坚持不要收条，在他看来，捐款能够派上用场是最重要的，至于收条，他觉得"啥用没有"。可是，接受过老人捐款的单位和学校却认真做了记录，"白爷爷送来的钱都是他一下一下蹬车挣来的血汗钱，我们要重视起来，不能让他白辛苦。"为此，红光中学、天津大学、南开大学等学校和单位都对白芳礼支教款的使用非常慎重，不仅做了详尽的记录，还多次举办"白芳礼助学基金发放仪式"，邀请老人和他资助的困难学生参加。

听着学生们的学习汇报，看着他们领到助学款时那开心的笑脸，白芳礼老人无比欣慰："你们花我白爷爷一个卖大苦力的人的钱确实不容易，我是一脚一脚蹬出来的呀，可你们只要好好学习，朝好的方向走，就不要为钱发愁，有我白爷爷一天在蹬三轮，就有你们娃儿上学念书和吃饭的钱！"

这样的日子，白芳礼老人一直坚持了19年，直到他逝世。2005年9月23日，白方礼老人安详地离开了这个世界，离开了停在他家楼下的那辆老旧的三轮车，离开了那些他曾资助过的学生们，离开了崇敬他的人们。20年时光荏苒，白芳礼老人的支教事迹激励了无数莘莘学子，感动了全中国。

老子的《道德经》中言：大白若辱；大方无隅；大器晚成；大音希声；大象无形。又言：大成若缺；大盈若冲；大直若屈；大巧若拙；大辩若讷。白芳礼一生勤俭，面对荣誉不自持；面对误解不辩白；面对赞赏不自傲。想必，在众人的眼中和心中，这种博大与宽广该是有资格谓之——大爱。大爱无疆！

丛飞

183名贫困儿童的"爸爸"

——我所做的是真正有意义的事,我感到很快乐

姓　　名	丛飞,原名张崇
籍　　贯	辽宁省盘锦市大洼县田庄台镇
生卒时间	1969年10月29日~2006年4月20日
人物评价	2005感动中国人物、新中国成立以来100位感动中国人物。

丛飞,一个歌手,十几年无怨无悔地坚持着资助贫困学生;为了报答社会,他参加了他所能参加的义演;为了让贫困孩子不失学,他十几年过着清苦的生活;为了能帮助贫困孩子,他毫不保留,甚至不惜向生命借贷。也许他的个子不高,但在人民眼里,他的形象如此高大。

一个舞台梦

1969年10月,丛飞出生于辽宁省盘锦市大洼县田庄台镇的农村,他的家庭条件并不富裕,但丛飞从小就很快乐。他说,是农民天生乐观的精神感染了自己。

丛飞从小喜欢跟在父母身后，父母在地里劳作的时候，他就跟在旁边，当父母工作劳累了，坐在地上歇息时，这个时刻就是丛飞最开心的时刻了，因为他可以听父亲唱歌。尽管父亲的嗓音并不是十分动听，甚至还有一些嘶哑，但这并不妨碍小丛飞的兴致。

丛飞上学后，渐渐地对电视和二人转产生了浓厚的兴趣。那时候的农村，电视还没有普及，到春夏的时候，会有很多外地来放电影或者表演杂技或二人转的团队。在野外空旷的土地上，农民们拿个凳子一坐，乐呵呵地看起来。丛飞很喜欢那些二人转，但他更为喜欢的是电影开始或结束时的歌曲，优美的旋律让小丛飞听着兴奋不已。回到家后，小丛飞还试着把听到的歌曲唱给父母亲听。

"有时回家，我似乎还看到我们家的土炕上坐满了人，丛飞拿着扫帚当麦克风唱歌呢！"丛飞的母亲后来说。

后来，丛飞在当地银行找了份工作。他对待工作十分认真，领导和同事都很认同他。慢慢地，丛飞发现这样简单而重复的生活不适合他天生爱动的性格，他决定考音乐学院，因为他觉得音乐才是与他生活息息相关、不可分离的那部分。后来，经过一段时间的自学，丛飞掌握了音乐的一些基本理论，不久后，丛飞便考上了沈阳音乐学院。

在学院中，丛飞开始接触到了真正的音乐。他积极地学习音乐理论，并熟练地掌握演奏乐器的技巧，常常自编、自写、自谱、自唱。丛飞的自弹自唱使他很快地掌握了音乐上的技能，他开始变得像一个专业的音乐人，在校园中，他也常常参加演出，在学校同学中也颇有名气。

雄心壮志的丛飞还在学院的时候就经常在学校外参加一些小型的演出。在毕业的时候，他首先想到的是到南方去闯荡。不安的心或者是不甘平庸的心让丛飞觉得日夜备受煎熬。刚到广州，举目无亲，就是围绕着街道走一圈，丛飞也会迷路，除了音乐，他毫无所长，此时的他才明白生存的艰难。

他先后做过搬运工、水暖工、洗碗工等,尽管生活非常艰难,可丛飞从来没有放弃过音乐。在那漫长的两年时间里,每次当他觉得痛苦与寂寞时,他就会抱着他那把破旧的吉他放声歌唱,在音乐中,他能找到自我。

丛飞是如此渴望能够参加演出。一次偶然的机会,有一个打扮得很光鲜的人发现丛飞有着不错的演唱功底,当丛飞唱完一首歌曲的时候,他走上前给了丛飞一张名片,在那个时候,名片还是精英的象征。名片刻印着某某音乐公司经纪人的名字,丛飞将名片握在手里,不禁热泪盈眶,他觉得命运之神终于选择了他一次。

那名所谓的经纪人把丛飞从广州带到深圳,那是一场大型的演出,其中有不少丛飞很喜欢的歌手,舞台装修得很豪华气派,丛飞站在舞台上,真的就觉得自己成功了。可演出结束后,丛飞却再也找不到那名经纪人了。丛飞感到事情不妙,连忙到后台去领劳务费,却得知劳务费早就让经纪人给领走了。丛飞再次流浪街头,他又回到当初刚到广州的日子,他不禁感慨命运的无常。

善良之心多恻隐

为了生存,丛飞开始在深圳的街头卖唱,他的声音嘶哑,又包含着命运无常的意味,在场聆听者无不动容。命运就像是反复旋转的轮子,在一个阴雨天,丛飞在街头卖唱的时候又收到了一张名片。

不过,名片上的头衔不是经纪人,而是歌手,并且这次对方是两个人。来人是李氏兄弟,很多年后,他们回忆起当初与丛飞见面的情景,说丛飞真的给人骗怕了。感慨于彼此相差不多的命运,李氏兄弟决定和丛飞一起从事演出。

就这样,丛飞上舞台演出的机会慢慢多了起来,丛飞开始出入各种演出场合,虽然只是一些小型的演出,比如在酒吧、医院等,可丛飞却觉得已经很好了。一开始演出,丛飞只拿到最低的劳务费,随着他的演技和歌唱技巧的提高，劳务费也渐渐涨了起来。丛飞明白，要想取得好的演出机会，自己必须有些拿得出手且又让人喜闻乐见的表演，于是，丛飞开始钻研模仿名人，学习名人的特征。丛飞的节目越来越讨观众的喜欢，慢慢地，很多制作单位也开始把丛飞的节目放在下半场压轴。

丛飞得到演出的机会越来越多，有时候一天会连演3场，很是辛苦。李氏兄弟让他不要那么拼命，毕竟得到的劳务费已经足够丛飞的生活所用，可丛飞不肯，并且对于每次机会，他都格外珍惜，全心去演出。

丛飞觉得每次演出都是命运对自己的恩惠，于是他开始参加义演。参加义演的地区往往是些贫困的地方，每次看到那些贫困地方的孩子，丛飞觉得就像看到了当年的自己，丛飞试着去了解他们的生活、他们的愿望，丛飞被他们诚挚与朴实的语言而感动，他总觉得该做点儿什么来帮助他们。

后来，丛飞参加了一次不一样的慈善义演，观众席上全是因家贫而辍学的孩子，因为好心人的帮助，这些孩子得以重回校园。丛飞想起童年时期的自己，童年的经历让丛飞对这些孩子非常担忧，因为他明白一个贫困儿童成才是多么困难，他掏出了身上全部2400元钱，都捐给了这些孩子。听着从孩子口中说出的"叔叔，谢谢你"，丛飞的心醉了，他感觉一道阳光照耀在他的身上，他忽然间明白了生活的意义。

从那以后，丛飞开始参加更多的演出，他把所得劳务费全部捐给那些需要的儿童。演出结束后，他常常不顾身体劳累，跋山涉水地去看望那些孩子，用他的歌声给他们带去希望，那些孩子亲切地称呼他为"丛飞爸爸"。

慈善人生多意义

丛飞于1997年加入市义工联，因为他表现突出，又很有名气，很快就被任命为市义工联艺术团长。

1998年,丛飞在湖南长沙演出,他本打算演出结束后去看望他的那些孩子们,可在后台化妆的时候,他听到一个歌手说深圳要举行一场关于灾区的义演,他立即问清了情况,他觉得自己应该去,于是他推掉了几场商业演出,自费去深圳参加义演。丛飞说,他最受不了也看不得别人比他的情况还差,每每看到这些贫困的人们,他就觉得心如刀割。

义演结束后,他又参观了灾区,并把身上全部演出得来的劳务费都捐给了灾区,看着这些在灾区挣扎的孩子,他感觉自己的心都快碎了。

2003年的一天,丛飞刚刚从贵州看望他那些孩子,贫困的山区道路崎岖,使得丛飞身劳神乏。来时的路上,听到希望工程正在举办义演的晚会,丛飞便不顾身体劳累,报名参加了义演。在演出过程中,由于实在太累了,在演小品时不小心控制不住而导致身体摔倒,摔裂了尾椎骨,被人们紧急地送到了医院。医生仔细地检查后,警告他要卧床休息15天,而且这段时间还要加强营养,防止再摔倒。

可丛飞停不下来,从医院出来后,他又迫不及待参加了十几场义演,虽然受着伤,但丛飞依然卖力地演出,伤口疼痛难忍,一场演出下来,他满头大汗,身体近乎虚弱,几次差点晕倒,在后台,很多人劝他不要那么拼命,毕竟只是义演。他说,那些孩子需要我。在下一场义演中,他照样卖力,很多观众都被他的精神所感染,积极地加入义工和慈善的队伍。

2003年,一场突如其来的灾难弥漫着全中国。那段时间,人人自危,谈非典色变,很多人都停止了演出,都拒绝去人群热闹的地方。丛飞却冒着生命危险,把个人安危置之脑后,自费奔赴当时非典高发地区——北京参加系列广场演出活动,慰问那些奋斗在抗击非典第一线的医务人员,他甚至还亲自去看望非典患者,鼓励他们好好养病、早点儿康复,丛飞的所作所为受到了人民群众的高度赞扬。

在不断地参加义演的同时,丛飞也从来没忘记他的那些孩子们。一有时间,他就会去看望他的那些孩子们,孩子们很懂事,让丛飞感觉很欣慰。他说,自己真正做了些有意义的事情,他觉得很快乐。

丛飞属于自由职业者,他没有固定的工作单位,也就没有薪水可以领,他的主要收入都来源于商业演出。相比较,丛飞还是参加的义演更多,更何况他常常是收到商业演出的劳务费后就全部捐给了贫困地区的孩子,自己根本存不下钱,其经济状况非常拮据,据说他经常啃馒头充饥。

丛飞的家只有不足60平方米的空间。狭小的空间,空气流通不畅,房间内几乎没有任何超过五成新的家具,房内没有装修,情况近乎毛坯房;防盗门已经失灵,坏得已经锁不上门,丛飞只好任门半掩着,反正房内也几乎没有什么值钱的东西。生活如此拮据,丛飞却依然坚持参加义演,坚持资助那些贫困儿童。有人说,如果丛飞未做出这些义举,他参加演出得到的劳务费足以使他过上很好的生活。

这些年来,不论生活多么艰难,丛飞都没中断过对那些贫困儿童的帮助,没中断过参加义演的热情。据统计,丛飞先后资助了150多名家庭的贫困儿童,其中也有很多大学生,丛飞长期资助的贫困儿童超过40多个。

他感动了中国

从2003年参加希望工程的义演起,丛飞就感觉到身体不舒服,但为了省钱,他都忍了下来。超负荷的劳累、为了演出而没有得到很好的休息,使丛飞经常会感觉到胃部疼痛难忍。2005年,在参加一次义演中,正在演小品的丛飞忽然晕倒在舞台上,工作人员迅速地把他送到医院,两天后,丛飞被诊断为胃癌晚期。

在医院的那段时间,丛飞经常想起他的那些孩子们,因为在医院躺着,没有参加演出也就没有收入,没有收入,他也就资助不了那些需要他帮助的贫困儿童。他曾经偷偷地要求医生给他打止痛针,让他去参加演出,可医生拒绝了。丛飞开始试着逃出医院,但每次都被护士察觉,护士看管得很严。

丛飞的病情越来越糟,他开始接受化疗,但对于已是胃癌晚期的丛飞,化疗已经起不了多大的疗效。他在隐隐中知道了自己的病情,可他的心里还是惦记着那些孩子,他问妻子那些孩子们的情况,妻子告诉他,那些孩子们都很好,有好心人在帮助他们,他们很快就能够重返校园。听到妻子的话,丛飞欣慰地笑了。

2006年,年仅37岁的丛飞因癌症去世。

2005年,丛飞被评为"感动中国"年度人物。

"感动中国"栏目给丛飞的颁奖词是:"从看到失学儿童的第一眼到被死神眷顾之前,他把所有的时间都给了那些需要帮助的孩子,没有丝毫保留,甚至不惜向生命借贷,他曾经用舞台构筑课堂,用歌声点亮希望。今天,他的歌喉也许不如往昔嘹亮,却赢得了最饱含敬意的喝彩。"

直至今天,人们的耳边仍会响起丛飞在"感动中国"晚会上留下的简短而厚重的声音:"我叫丛飞,来自深圳,义工编码是2478。能对社会有所奉献,能对他人有所帮助,我感到很快乐。"

丛飞走了,但他却影响了千千万万的人加入义工、加入慈善的队伍,丛飞精神永不泯灭。

李清友

从贫家走出的慈善大王

——我就是要用从外国人那儿赚来的钱为中国的贫困人口和扶贫开发事业做点事

姓　　名	李清友
籍　　贯	陕西省宁强县汉源镇亢家洞村人
出生日期	1972年6月
人物评价	朴素慈善的倡导者。他是一位生在新中国，长在红旗下，善良、充满爱心并具有强烈的社会责任感的企业家。

　　在人们的心中，他是一轮温暖的太阳，把自己的光辉和热量传递给每一个需要帮助的人的心中；在党的心中，他是第二个雷锋，为社会、为人民不求回报地做好事、做实事。他就是香港天福国际集团有限公司和中泰华威国际投资有限公司两家企业的总裁李清友，他拥有一颗善良、纯洁的心，时时不忘为人民做好事、做善事，他带着向社会报恩的信念，一直默默地为人民作着力所能及的贡献。

为家乡撑起一片天

李清友出生在一个贫寒的家庭，然而他的家乡却和他的家庭一样贫穷落后。

在他少年时期，有一次，他在上学的路上不小心撞倒了一个城里来的年轻人，他连忙赔礼道歉，可是那个人却不依不饶，说："你们乡下人都是土包子，你的身上那么脏，把我都污染了。"李清友当时非常生气，他觉得虽然乡下人没有城里人的见识，但也有自己的自尊心，所以下定决心要改变家乡的贫穷面貌，不再让别人瞧不起乡下人。

1988年初，李清友告别了家乡南下，起初在一家玻璃制造厂做苦力、当学徒，那时，他所在的工厂也是刚起步，员工的薪水低，但劳动强度大，更不用说身为学徒的他会拿到什么样的报酬了，简陋的工厂在泥泞中艰苦地挣扎，在极为艰苦的岁月里，为了自己的信念，他始终没有放弃，跟着工厂同甘共苦。当这个小工厂发展到具有一定规模时，李清友也凭借勤恳和坚持，从最初的学徒工慢慢成为一名优秀的管理者，直到后来，他坐上了副总经理的位置。

1990年，李清友便辞去了他的副总一职，前往一些工业较为发达的城市做起了生意，他前后在江苏、上海、杭州等地从事房地产项目开发事业，但是因为专业知识不足，也曾走了很多弯路。一次逢了百年不遇的房地产低迷期，他沦落到了变卖家产的地步，可他始终没有放弃，他相信这些困难只是暂时的，只要挺过去，一切都会好起来的。终于，在1992年的时候，他的事业出现了转机，公司也一天天壮大起来了，因为他的不懈努力，在1997年时创办了香港天福国际集团有限公司，2006年在北京成立中泰华威国际投资有限公司。

当公司赢利了之后,他所做的第一件事就是拿着这些钱去家乡投资做建设、为家乡修容换貌。首先,他投资了很大一笔资金,为汉源镇扩宽路面修了柏油马路,随后为建桥和学校做了捐助,李清友儿时的志向伴着他的事业在逐步前进。

施德行善

经过十几年的发展,李清友已在商业界声名显赫,他的企业也已迈向世界。当李清友在事业进入了快速发展阶段并取得了越来越大的成就时,他感觉到自己的压力也越来越大,而那种压力来自于对社会责任的使命感。自从李清友成立了两家公司后,成为两家企业的总裁时,他觉得仅仅做一个老板是不够的,在他的心中一直有着一个信念,那就是为人民做善事、为社会做奉献,所以,他作为一个共产党党员和企业总裁,一直以一颗感恩的心在回报社会。

李清友在注重企业文化和业务稳步发展的同时,也在默默地关心着中华民族的人文教育和那些偏远山区尚需帮助的弱民,所以他经常为红十字会和希望小学捐财捐物。2008年5月12日,当四川发生了8.0级的汶川大地震后,从5月15开始,李清友先后为四川地震灾区和陕西地震灾区捐赠了总价值达260万元的现金及日常用品。李清友把为家乡援助的救灾物资运到宁强县后说:"家乡的水养育了我,现在家乡有了灾,乡亲们有了难,我理所应当尽一点儿心意。2008年10月28日,李清友为江西省全南县和石城县共捐赠了价值5168.6万元的医疗设备。截至2008年10月28日,李清友为抗震救灾和扶贫等社会公益活动已捐财物共计14674.6万元。

在汶川大地震发生之后,李清友不仅捐财赈灾,而且还担负起了地震灾区的经济重建工作,与四川成都金牛区政府签订了投资20亿元建设"中泰华威总部基地"的项目开发协议,并以此利用国内外客户资源、市场资源、资金优势等多项企业优势,为灾区经济重建、招商引资尽心工作。当灾区的人民都为李清友的扶助而感谢他时,他却说:"党和国家培养我多年,我就是要用从外国人那儿的钱为中国的贫困人口和扶贫开发事业做点儿事。"他的一番话让众人感动落泪。

李清友就是这样不屈不挠地为自己的祖国和困苦人民付出着。社会评价"李清友是一位生在新中国,长在红旗下,善良、充满爱心并具有强烈的社会责任感的企业家"。而他的确是一位名副其实的慈善家,一直利用自己多年的心血默默地扶助着那些贫困的人民。

慈善计划

李清友身为中泰华威国际投资有限公司董事长兼总裁,身上没有丝毫的贵族风范,是中国十大慈善家之一,于2008年荣获"2008年度中华慈善奖",他花费了7498.5万元投资慈善事业。在中华慈善大会上,胡锦涛主席出席了大会,亲自会见李清友并与其亲切握手。

"雨露计划,中泰华威行动"由中泰华威国际投资有限公司承办、由国务院扶贫办主办,在2008年3月26日,启动仪式举行。"带着向社会报恩、向友人报恩的初衷,结交国内外锐意进取之士共创美好未来。"这是他在会议上的致辞,中泰华威国际投资有限公司作为发展中企业,在大会上承诺,在未来的5年里要捐资5.1亿元,运用国务院扶贫办的雨露计划培训系统,为贫困地区的人民提供职业技能培训。2008年向河北、山西、河南、湖北、湖南、陕西六省投入6000万元并招收3万名左右的农民工,为每个农民工资助2000元费用参加技能培训。"雨露计划,中泰华威行动"作为中国农村扶贫开发的重点项目之首要,已累计转移经培训而就业的贫困地区的劳动力达300多万人,带动了1000多万贫困户向小康奔进。

在"雨露计划,中泰华威行动"中,李清友捐赠的医疗设备多达20多个种类,分别有彩色B超、心电监护仪、高频电刀、全自动生化分析仪和救护车等,这些设备的投入将为该县医院填补多种医疗装备的空缺,能够提高当地的医疗技术水平,并且这些先进设备的出现会使更多的群众得到更高效的科技医疗,最重要的是群众在使用这些设备治疗时可以得到相应的费用减免。

2009年3月15日,赣县客家文化城太极广场热闹非凡,中泰华威国际投资有限公司、"雨露计划,中泰华威行动"向赣县捐赠67件价值为1423.32万元的医疗设备67件。全国总工会书记处原书记、中国老区建设促进会副会长等市领导隆重出场协助捐赠仪式。中泰华威国际投资有限公司董事长兼总裁李清友代表公司向赣县县委、县政府捐赠。为了规范双拥办的工作,他亲自拟定了双拥工作的实施措施、制订工作规划和制度。为落实,他亲身深入其市区调查研究,把自己新的工作思路和建议第一时间向县委反映。而且在他的大力支持下,那些困难子女入学入托问题已优先得到了解决。李清友在扶贫帮困工作中作出了巨大的经济和资源贡献。在双拥工作稳步发展的同时,李清友在军队和地方荣获了"爱国拥军模范"和"双拥专家"的称号。

李清友除了参与政府合作的慈善计划外,还策划了成立中国中泰华威扶贫基金会,利用国外投资项目和国内的石油、煤炭等投资项目所获得的资金做着数不胜数的慈善之事。而他的这一举动除了影响国人以外,也深深地感动了他在外国的友人,这些友人为李清友开发的扶贫事业做了捐助。

李清友数十年如一日地为社会、为人民付出着,他热爱祖国、献身国防,赢得了社会的高度评价。为了搞好双拥工作,他经常废寝忘食,最终使双拥工作有了历史性的进展和突破,这种精神让人民、让社会感动。

匡俊英

致力捐书的书城老板

——在别人需要帮助的时候,应该伸出手去拉别人一把,这是中国的传统美德

姓　　名	匡俊英
籍　　贯	苗族
出生日期	1974 年
人物评价	是一位好善乐施的大慈善家,是 2009"中国慈善排行榜"十大慈善家之一。

一个初出茅庐的大学生怀着对理想的追求,本着"送书是为了更好地卖书"的理念,十分热情地为全国各地奉献着自己的爱心,坚持着为社会和人民做好事、做实事。

助人为乐之心激起创业之情

2009 年 3 月 19 日,建起全国首家"职工书屋"的内黄县总工会收到的精品图书总价达 100 万元之多,而这批图书的捐赠方是北京有名的万国经典书城,这家书城的董事是一个年轻的苗族人,他的名字叫匡俊英。热衷于

读书的匡俊英从开始创业到现在,一直坚持着为社会传播知识的梦想。数十年来,他怀着对贫困山区的关怀,将传播先进文化和充盈大众精神世界的使命感作为自己的目标,为社会捐赠了一批又一批的宝贵书籍。2008年,万国经典书城共捐赠图书总价达1158万元,其中向各地工会"职工书屋"捐赠图书达555万元之多。

匡俊英是在湖南长大的,那时,他所在的城市有许多桥是用木头建成的,每逢雨季,桥上的木块常被雨水腐蚀而造成损坏。匡俊英说:"我的父亲是当地的一名教师,记得父亲会自己动手去修理木桥,他用实际行动教育着我。父亲说:'人活着就应该做一个这样的人,在别人需要帮助的时候应该伸出手去拉别人一把,这是中国的传统美德。'父亲对我的影响很大,只要他有能力,他就会慷慨解囊,拿出自己的财物并做出实际行动去帮助那些需要帮助的人。"而他也一直铭记着父亲的这些话,他说,他长大了要和父亲一样帮助别人,为这个社会作更多的贡献。匡俊英毕业于中央民族大学,在早年时期,他的商业天赋已露出锋芒,而助人为乐的心更甚。1998年,他刚从大学毕业,步入社会从事工作,然而心有宏图大志的他不愿安于现状,时时策划着如何自主创业,而他的理想是开一家图书馆。刚步入社会,他自认为对于图书行业非常熟悉,是创业的最佳时期。然而,创业资金却是一个令他头疼的问题。

不久,智谋双全的匡俊英发现了博取资金的商机,他发现大学生在军训结束后就把迷彩服、军鞋都扔了,于是,他把北京所有高校的军训服装以低价购进,再转卖给建筑工地的工人,从而赚得第一桶创业资金。2000年的春天,他拿着资金在北京西郊建立了北京万国经典书城。他说:"看到这么多的图书,心里面感到非常的高兴,终于有了自己经营的舞台,自己心里也很高兴。"回想创业之初的心酸和艰苦,他觉得都是值得的,这一刻,他的心里非常激动。

事业难题开启慈善人生

由于地理位置不好,刚经营的图书城总是遇到重重困难。当他坚持下来,最终获得成功时,曾感言正是这营销上的难题开启了自己的慈善人生,成就了万国经典书城在慈善界显赫的地位。

匡俊英为了让自己书城的知名度在外界扩散开来,便向外界发传单、与各单位搞文化共建,把图书免费赠送给各个单位和读者。就这样,人们逐渐对这个陌生的万国经典书城渐渐有了印象。随着经营规模的日渐扩大,匡俊英体会到了为别人奉献书籍的乐趣,当人们因他赠送的书籍而畅游在知识的海洋中时,他才真正体会到开书城的价值。在经营得当的日子里,匡俊英更加积极地做起了他的慈善事业。

于是,匡俊英将书城里的书免费赠送给单位、个人、学校、工厂,还有监狱。他说:"服刑人员确实缺少知识、缺少文化,才走上了这种犯罪的道路,他们可以通过读书去更多地了解外面的世界。"他觉得,阅读书籍虽然无法改变人生的长度,但是可以改变人生的宽度和厚度。对于贫困地区渴望读书的人们,匡俊英更为关注。今年,他向592个国家级贫困县司法局捐赠了500万元的法律图书。汶川地震后,他为了抚慰那些受伤儿童的心灵,向灾区捐赠了100万元的图书。

匡俊英自创业之始,每年都会捐赠大量现金、图书和实物给社会各界,捐赠对象有中华慈善总会、中华全国妇女联合会、新闻出版总署"农家书屋"文化工程、中国法律援助基金会、中华全国总工会"职工书屋"工程、中国残疾人联合会、中国红十字会、首都慈善公益组织联合会等组织机构,为支援西部贫困地区、扶助弱势群体一直默默无闻地作着力所能及的贡献。至今,匡俊英已向社会捐赠的图书有6000万元之多,向社会共捐赠1.36亿元。匡俊英独特的营销模式帮他渡过了层层难关,同时也扶助了更多有困难的人。在将自己的企业发展壮大与投身公益事业之间,他找到了一个完美的结合点,实现了二者共赢的体系。

匡俊英将书籍免费赠送到全国各地,他用图书搭建了壮观雄伟的"慈善帝国"。在2007和2008年,匡俊英连续两年被选入"中国慈善排行榜",2008年,匡俊英荣获"中华慈善奖",还得到河南省内黄县工会、河南省许昌市总工会、广西壮族自治区总工会等颁发的奖牌和荣誉证书。

匡俊英身为全国工商联合会书业商会副会长,一直倾注于文化传播事业的发展进程,在保证自身经济效益稳步上升的同时,更积极地参与社会公益事业、回报社会和人民。他以"整合图书资源,传播优秀文化,更广阔、更准确地把图书传播到最需要的人群中去"的理念为自己的终身奋斗目标。

五湖四海捐爱心

2009年,中华全国总工会号召大力支持全国各地工会系统建设"职工书屋",这种专业对口的公益活动点燃了匡俊英的慈善热情。在匡俊英的带领下,万国经典书城以"我们的使命是要在世界各地凝聚一股善的力量,去关心帮助贫困地区、少数民族地区及社会弱势群体,让他们也能够'多读书、读好书',实现自己的人生梦想"的理念扶助着一批又一批的困难户。

新的一年里,匡俊英向中华全国总工会捐赠图书10万元。他带着自己的书走过了宁夏、广西、河南、贵州、河北等诸多省,为五湖四海的人们捐赠的图书内容涉及宽广,有哲学、法律、励志、管理、科教等众多种类,为那里的职工送去了更多精神营养,为各地的"职工书屋"添砖加瓦。他说:"我们的使命是要在世界各地凝聚一股善的力量,去关心帮助贫困地区、少数民族地区及社会弱势群体,让他们也能够"多读书、读好书",实现自己的人生梦想"。

为实现自己的宏图大愿,他历尽千难万险自主创业、建设书城。几年过去了,不仅他的事业发展得极为快,而且还做起了"慈善"事业,将大批量的书籍免费赠予全国各地热爱读书的人。10年下来,匡俊英已累计向社会各界捐赠款物总值高达4亿多元,而他从未张扬过自己的地位和为人民付出的一切。

慈善之举感动党领导

2011年7月11日,北京万国经典书城在蕴海建国饭店举行向市总工会、河南省工人温泉疗养院捐赠图书、救护车及医疗设备的仪式。

仪式开始前,河南省平顶山市市委书记赵顷霖会见了匡俊英。赵顷霖对匡俊英的捐赠之举表示了由衷的敬意和衷心感谢。他说:"改革开放以来,许多企业家在党的政策帮助下致富后向社会奉献爱心,给人民群众带来了许多实惠,令人感动。一个人总能为别人着想、不计回报地关爱别人,也一定能得到别人各种形式的喜爱和关爱。如果每一个社会成员都能够尽可能地为别人多想一点儿,在努力关爱别人的同时又被别人关爱,社会就会更加和谐,人民群众的生活也会幸福安康。感谢匡先生为大家树立爱心的榜样,我们要在全市人民中宣传和倡导匡先生的这种爱心义举,引领社会风气,使这种爱心在平顶山发扬光大。"全国青联委员、北京万国经典书城有限公司总裁匡俊英在仪式上捐赠了图书、救护车和医疗设备总价值达1260万元,赵顷霖向匡俊英颁发了荣誉证书和奖杯,河南省平顶山市市委副书记冯昕、李丰海为匡俊英致辞。

冯昕说:"乐善好施、团结互助是中华民族的传统美德,是社会主义精神文明建设的重要组成部分,是构建和谐社会的重要举措,希望市总工会以此为契机,充分发挥工会"大学校"作用,着力提高职工队伍素质,全力推动"职工书屋"建设,努力为职工提供一个学习知识、获取信息、提高素质、丰富文化生活的重要平台，为我市经济社会发展提供智力支持和人才保障。省工人温泉疗养院要大力发展好职工疗休养事业，以不断满足广大职工的健康需求为己任，全面提升健康管理水平，精心打造健康管理新品牌，实现社会效益和经济效益双丰收。"

李丰海在大会上言明，一定要将匡董事捐赠的医疗设备和图书管理好，并加强"职工书屋"建设、推进工会事业发展、全面提升职工队伍的文化素质，在平顶山"率先实现崛起、提前全面小康"的伟大征程中再立新功。

北京万国经典书城是一家综合性企业。匡俊英获有"中华慈善奖"、"中国慈善事业特别贡献奖"、"中国十大慈善家"和"建国60周年影响中华公益事业60位慈善家"等荣誉称号。

陈逢干

为社会及人民无私奉献的慈善家

——上学之前贫穷不是你自己的事,上学后依然贫穷,你自己就有责任

姓　　名	陈逢干
籍　　贯	浙江省天台县白鹤镇左溪二甲村
生卒时间	1958 年 2 月
人物评价	连续 4 年荣获中国十大慈善家荣誉称号、是中国十大慈善家之一。

陈逢干一生乐善好施,以助人为乐为一生的奋斗志向。幼年时的贫困艰苦使他立志要成为一个有用之为,并且为社会作出力所能及的贡献。最终,因为他的努力拼搏而成就了辉煌的事业,也从始至终坚持着自己的誓言,成了我国著名的企业家、慈善家。

"乞丐的梦"

陈逢干出生于浙江省天台县白鹤镇的一户贫民家庭,他自幼就乐于助人。因为家庭极为贫寒,经常以在街头乞讨为生。

一天,一位老乞丐为他讲了这样一个故事,有一个叫夏雨的财主,派雇工春风外出收租,春风并未把所收租金交给夏雨,而是以夏雨的名义捐去修桥铺路。不久,夏雨因家受重难而落入乞讨,当夏雨去要饭时,只见一路上都

刻着"夏雨路"、桥上刻着"夏雨桥"的字样,人们都纷纷为夏雨捐食安宿。

陈逢干被这个故事所感动,便暗下决心:自己长大后一定要挣大钱,做一个施仁布德的人,去救济贫苦百姓。陈逢干18岁时,从数十户亲戚那里借到100元钱,南下绍兴市挖掘他人生的第一桶金,凭着自己的为人厚道与勤劳朴实,很快拥有了自己的立足之地。后来陈逢干在绍兴边界地区修建了一个袜子厂,结实而又便宜的袜子成为白鹤镇的产业支柱,因为做工简单,所以大部分人都可以加入工厂,那些年轻力壮的汉子外出务工,老人和妇女便在袜子加工厂工作赚钱。

陈逢干开过袜子厂,办过包装厂。后来他在宁夏打拼,因为做煤矿使他发了大财,他决定利用这一笔丰厚的资金改变家乡的旧貌。陈逢干的家乡白鹤镇处于山区,因交通的不便利和可用资源的稀少,使得当地农民的生活水准难以提高。他便开始捐钱修桥、修路,到建幼儿园、敬老院等,让当地乡农们的生活大有改善,就这样一步一步实现着自己儿时的理想。

善心建起大事业

陈逢干7岁丧父,可怜的母亲带着5个未成年的孩子过着极为拮据的生活。改革开放以后,陈逢干到绍兴去做袜子生意,因为他平时手脚勤快,所以很快在那里站稳了脚步,开了自己的袜子厂。后来,陈逢干又在上海办塑料袋包装厂,还做过"真丝牛仔裤",由于竞争激烈,加上物料价格上涨等原因,让初出茅庐的他在生意场上败得肝脑涂地,从而结束了他在上海的商业之旅。

1999年,陈逢干到了宁夏,他接的很多项目依然没有起色,直到2002年,石嘴山一个煤矿拍卖才让他的事业出现了良好的转机。对煤矿一窍不通的陈逢干,当时连本钱都没有,但是他知道中国的无烟煤就属石嘴山的最好,于是陈逢干下定决心要干好它,便用借来的押金买下了煤矿公司。2005年,煤价大涨,让陈逢干的事业东山再起。虽然他现在是一位大老板,但是他始终记得那些困难的日子,所以现在,每当他身边有困难的人需要帮助时,他总是第一时间献上自己的爱心,为他们雪中送炭。他说:"别人的困难和我的困难是一样的,困难是一时的,要是当时不帮,于人于己就会成为一辈子的遗憾。"所以,就在人生和事业的低迷期,他还能让出自家的地为村里的学校建操场,用借的钱为学校更换设备,当时很多人都无法理解陈逢干的做法,包括他的家人。陈逢干便说:"我当时是没钱,但不代表我以后也会没钱,但等我有钱了再去帮助别人,可能就来不及了!"

2006年,陈逢干成立了"宁夏陈逢干大学生助学基金会",个人每年拿出300万元专门资助宁夏品学兼优的贫困学生,每年解决860位宁夏贫困大学生的入学难题。不仅如此,他还为宁夏大学慈强社办理的中国扶贫基金会"新长城特困大学生自强"项目捐资5万元,并且每年为宁夏盐池县唯一一个考上清华大学的贫困生黄浪潮捐资1.5万元,直至大学毕业,还在老家为公益事业捐款200多万,以救助困难户。

每年的12月20日是中国自古以来的古尔邦节,喜庆的节日气氛驱除了深冬的严寒,而"宁夏陈逢干大学生助学基金会"第三批助学金的表彰大会其乐融融。陈逢干董事出席在会议典礼上,他额头饱满、眼神炯炯,朴素的衣着打扮没有镶嵌任何名贵饰物,从他满怀质朴的语言中没有任何成功人士的架势,如果不是他亲自签名,很难把他和那个为贫困生捐助了900万元的成功商人联系在一起,而他就是那个为社会、为人民无私奉献的伟大慈善家。

用善心投资人生

在目前,陈逢干先生第4次位居"中国慈善家排行榜",并连续4年荣获中国十大慈善家荣誉称号,是中国慈善排行榜活动开展以来唯一一位连续

4年荣获中国十大慈善家称号的企业家。2006年、2007连续两届荣获中国十大慈善家首冠的荣誉。这位热心的商人将自己努力拼搏的业绩统统纳入了慈善事业当中。

1990年秋天，村里的路面被洪水冲断，在重修路面时，他捐了5000元；1991年，村小学因一名学生不慎将火源引入教室，导致教室失火，为了让学生及时上课，他救助2000元；1998年，他捐助30万元用于台县白鹤镇左溪二甲村修建柏油路，之后他又捐助17000元为学校更换教学设备；2006年，陈逢干成立了"宁夏陈逢干大学生助学基金会"，个人每年拿出300万元，专门资助宁夏品学兼优的贫困学生。后来他还为许多红十字会捐款捐物，他一直在为中国的扶贫活动作着力所能及的贡献。

陈逢干说："中国有句老话叫'知恩图报'，幼年时家庭贫寒，是善人为我施恩，现在先富起来了，理当回报家乡、回报社会。吃过百家饭长大的我，就应该帮助千万人，虽不是最有钱的人，但要做最有爱心的人。"

陈逢干在为别人慷慨解囊的时候，对自己和家人却非常苛刻，尤其是在经济方面对自己的女儿很严格，他的女儿曾经抱怨自己是"富裕家庭的穷女孩"。陈逢干告诉女儿："父母是不可选择的，这一点，你跟贫困的学生是一样的。你要尊重他们，他们的人格比你的人格还要高，他们在这么贫穷、这么偏远的家庭还能够考上大学是件很了不起的事！"他也对其他接受助学金的学生说："上学之前贫穷不是你自己的事，上学后依然贫穷，你自己就有责任。"

他在记者会上说："商人不能把钱看得太重，要懂得回报社会。在我落魄的时候有很多人帮助过我，现在我也希望能尽自己的一份力，帮助社会上需要帮助的人。"从北京出席完"2009中国慈善排行榜"颁奖大会回到银川，陈逢干一心想要拒绝记者的采访，因为他还急着赶往大武口查看自己投资建设的敬老院，他说："到今年天冷的时候，我想让老人们都住进去。"

身为一个身价过亿的企业家和乐善好施的慈善家，他为社会捐助了数千万，却在他的身上依然透露着一个农民之子的朴实、憨厚与谦逊。当他获得慈善家的荣誉时，他再次感到了帮助别人的快乐，但同时也感觉身上的压力之大，他说，只有更努力地做好慈善事业才能对得起大家对他的信任和社会给予他的荣誉。

做有意义的事

陈逢干作为一个企业的大老板，为什么不把有限的资金投入到无限的事业中，而要出巨资设立基金会？陈逢干说："宁夏是我的第二故乡，在我最困难的时候到了宁夏，是宁夏给了我成功的机会。"所以他没有去享受一个有钱人该拥有的生活，而是把这些钱节省下来扶助贫困地区。他说："以前我在老家割草、养牛、种田，现在出门可以坐飞机、每到一个地方可以住宾馆，我已经很满足了！从眼下我的企业运行情况看，我这辈子基本不缺钱花了，把这笔钱投入到生意上，只不过可以在我的存折上多几位数字，可对我资助的学生们来说，他们就可以有机会走进大学，甚至可以从此改变自己的一生。我很清楚，国家现在需要人才、需要他们，需要的不是我这点儿小钱。我能赚钱，是国家给的机会，如果我这点儿小钱能使他们成才，将来他们给国家作的贡献肯定要比我把这笔钱用到生意上值得多。"

他觉得要把每一分钱都花得有意义。如今他准备投资1500万，在石嘴山边建养老院的计划已经开始实施，而陈逢干对慈善事业还有了更深入的计划："有1000万怎么做？一个亿怎么做？两个亿、十个亿怎么做？应当有一个计划。慈善事业是压力，也是动力，要保证企业的发展，才能让慈善事业延续下去。"

他是宁夏石嘴山市政协委员，也是石嘴山市大榆树沟煤炭产销公司董事长，但数十年以来，他俯首甘为孺子牛，为家乡铺路建校、扶困济贫，不求回报地为社会公益事业作出了巨大贡献。

谭千秋

全国抗震救灾的优秀共产党员

——湖南养育了我，四川培养了我，我不能在这个时候离开

姓　　名	谭千秋
籍　　贯	湖南衡阳
生卒时间	1957年2月~2008年5月12日
人物评价	全国抗震救灾优秀共产党员、2008年感动中国人物。

他只是一位站在3尺讲台上的平凡教师。如果不是"5·12"大地震，可能很多人都不会知道他的存在。然而，就是这样一位普普通通的人民教师，却用自己的生命向我们诠释了大爱无疆的意义，并让亿万人为之动容、为之落泪。他被原湖南省省委书记张春贤誉为"英雄不死，精神千秋"，他的名字叫做谭千秋。

极尽孝道

1957年8月，谭千秋出生在湖南衡阳祁东县步云桥镇岩前村一个普通的农民家庭。他的父母是朴实善良的人，共孕育了5个子女，谭千秋排行老大。由于家中生活贫困，几乎每顿饭都是以红薯等各种杂粮为主，只有一点点的米饭，每次，谭千秋都会把米饭让给弟弟妹妹吃，自己却和父母一起吃红薯。

　　艰苦的生活环境让谭千秋深刻明白了只有通过学习才能改变自身的命运，所以他学习起来非常刻苦，村里人甚至都把他当做教育孩子学习的楷模。为了能够学好英语，谭千秋就把英语单词逐一写好贴在家中的墙上，以便睡觉的时候也可以背诵单词，每当有记不住的时候，就会打开灯来看一下，然后再记。1975年的夏天，谭千秋高中毕业回家务农，即便如此，他也丝毫没有放松学习，白天的时候，他会和大家一起出去劳作，晚上就会抓紧学习直到第二天的清晨，如果困了，就会将毛巾蘸点冷水敷在脸上，然后继续学习。工夫不负有心人，两年后，谭千秋成为了一名代课老师。

　　1978年的夏天，谭千秋通过刻苦的学习，终于进入了湖南大学就读。1982年大学毕业以后，他就主动申请到四川东方汽轮厂职工大学当了一名"支边"教师。

　　谭千秋成家以后，考虑到自己的3个弟弟都在农村，生活都比较困难，他就独自承担起赡养父母的义务。不仅如此，他还经常接济家里，竭尽所能地帮助弟弟妹妹。

　　谭千秋的弟弟谭继秋靠务农为生，收入微薄，于是就借了几千元购买了一台三轮车跑运输。1993年夏季的一天，谭继秋意外遭遇了车祸，庆幸的是他只是受到了一点儿轻伤，花去了几千元的医药费。可是，之前的旧债还没有还清，如今又新添了几千元的债务，这对谭继秋一家来说无疑是雪上加霜。谭千秋在得知以后，立即给弟弟寄去了2000元钱，还在信中安慰弟弟不要焦急，只要人没事就好。这次的车祸对谭继秋的身体影响很大，可是为了维持家中的生活，他不得不出外打工，谭千秋知道以后，又给弟弟寄去了几十元钱。谭继秋和二弟都没有房住，谭千秋就资助每个弟弟3000元，让他们建房。

2006年6月,父亲被查出患有骨髓癌,谭千秋急忙赶回家中,考虑到弟弟们的生活都比较拮据,就主动要求承担了父亲的全部治疗费用。为了让弟弟和弟媳接受自己的这一提议,他就找了一个借口:"我平时在家的时间很少,都是你们在辛苦地照料父母,这次就给我一个尽孝的机会吧!"最后,父亲住院共花去了2万多元医疗费,都是由谭千秋一个人承担的。

其实,谭千秋的工资并不高,日常生活也是非常节俭,大热天的时候连一瓶矿泉水都舍不得买,口渴了也会找附近的井水解渴。他好几年才会回家一次,因为回家的路费太贵,一来一回就要2000多元,他就把这些钱都节省下来然后寄回家中,帮助别人。

乐于助人,多才多艺

谭千秋是一位很有正义感并且极富爱心的人。在他读小学的时候,就特别喜欢帮助别人,每当遇到放学的时候下雨,他就会把雨伞让给那些没有带伞的同学,自己却淋着雨跑回家。岩前村的村支书谭永生和谭千秋是小学同学,关系很好。有一次,谭永生和别的同学打架,谭千秋刚好路过,谭永生就赶忙喊他来帮忙,可是没想到的是谭千秋跑过来以后并没有帮助谭永生,反而将他们拉开,并说道:"大家都是同学,应该好好相处,为什么要打架呢!"之后,他耐心地劝说两个人,直到他们握手言和。

谭千秋高中毕业以后,发现村里很多人都不识字,于是就向村干部提议开办了扫盲学校,他主动当起了教师,白天出去劳作,晚上就会给村民们上课,帮助村民们写字、学习知识。通过他的不断努力,村里已经有不少村民可以阅读报纸,并懂得了怎样科学种田。

不仅如此,谭千秋还多才多艺,会吹奏笛子、拉唱二胡,等等,为了丰富村民们的生活,谭千秋和几个年轻人成立了一个村文艺宣传对,晚上的时候就会自编自演一些文艺节目,表扬村子里的一些好人好事,批评赌博等一些不良的社会现象,受到了村民们的一致好评。有一天晚上,谭千秋和谭永生为了参加村里的文艺表演,顾不上吃晚饭,谭千秋便带了两个红薯给谭永生充饥,还说自己早已在家中吃过了。可是到了第二天,谭永生从他弟弟那里才得知,谭千秋当天晚上在家里根本就没有吃晚饭。

除此以外,谭千秋还非常热衷社会的公益事业,每当村里修路或者修建学校,谭千秋总是主动积极地捐款,他用自己的实际行动去帮助那些需要帮助的人们。

最疼爱学生的老师

谭千秋对学生也是非常关心,就算是操场上有一颗小石子,他都要捡起来扔掉,担心学生在玩耍的时候会摔倒。每当听闻学生在生活中遇到困难,他就会去嘘寒问暖、尽力帮助。如果学生没有吃饭,他就会把学生带回家中亲自做饭给他们吃;学生身体不舒服,他就会自掏腰包带他们去看病,他被同事们一致赞誉为"最疼爱学生的人"。谭千秋还经常教育自己的弟弟妹妹要乐于助人,在他的影响下,弟弟妹妹也经常会帮助别人,妹妹和妹夫就曾经帮助了5个贫苦孩子上学。不仅如此,他的行为还深深地影响了他的子女,他的大女儿就以优异的成绩考上了北京大学法学院,并说要用自己所学的法律知识去帮助需要帮助的人们。

此外,谭千秋还经常教育学生要有社会责任感。1982年6月,谭千秋大学毕业以后,学校打算让他留校任教,可是他却婉言谢绝了,并主动要求到西部支教。当他得知四川东方汽轮厂职工大学极度缺乏老师的时候,就主动申请到那里去任教,一个月以后,他如愿被分配到了该校任教,这份工作一干就是整整27年。

1996年,谭千秋的一个朋友想要把他调回衡阳,待遇也极为优厚,但是却被他婉言拒绝了。父母看他离家太远,也都极力劝说他回来,他却反过来劝说父母说:"湖南养了我,四川培养了我,我不能在这个时候离开,还是让我再多干几年再说吧。"之后,汕头、韶关等有关单位都曾高薪聘请他去工作,他都没有答应,依然选择留在四川工作,直到为自己的学生献出了生命。

大爱无疆

2008年5月12日下午两点多钟,谭千秋像往常一样在教室上课,当他讲到高潮部分的时候,桌子忽然剧烈地晃动起来。地震!谭千秋感觉到情况不对,急忙喊道:"大家赶紧跑,什么都不要拿!快跑!"同学们快速地跑出了教室,冲向了操场。此时,教室晃动得更加厉害了,甚至可以听到房梁断裂的声音,可是还有4位同学没有离开教室,谭千秋赶忙把他们拉到了课桌底下,然后用自己的身体盖着这4名学生。这个时候,伴随着不断往下掉落的砖块和水泥板,教室轰然倒塌了。

2008年5月13日22时12分,谭千秋的遗体终于被人们找到。"我们发现他的时候,他双臂张开着趴在课桌上,后脑被楼板砸得深凹下去,血肉模糊,身下死死地护着4个学生,4个学生都还活着!"第一个发现谭千秋的救援人员流着泪说道,他还说,谭老师这种用自己的生命维护学生的举动是他一生都难以忘怀的。"地震来的时候,眼看着教室就要倒塌,谭老师急忙扑到了我们的身上。"回忆起当时的情景,获救之后的学生依然神情恐惧、紧张。

同在一所学校任教的妻子张关蓉终于在第二天的清晨见到了自己的丈夫。看着丈夫血肉模糊的身体,她不禁失声痛哭。

一位同校的老师说:"如果要快速地逃离教室,按道理,谭老师是离教室门口最近的,也是最早离开的。但在面对死亡关头的时候,谭老师却把生的希望留给了自己的学生!"

在学生眼里,谭老师是一位很有幽默感的老师,上课的时候也是生动活泼,能够巧妙地让学生掌握知识。可是,如今大家再也听不到谭老师上课的声音了,再也见不到他的身影了。张开双臂,用生命保护学生,成了他在世上最后定格的姿势!

他疼爱自己的学生,他被同事们称赞为"最疼爱学生的人",正是对学生这种无微不至的爱才会让他在面对死亡的时候作出那样的选择。

他深爱自己的父母。谭千秋从小就是一个善良懂事的孩子,深得父母的喜爱。1982年,他从湖南大学毕业以后虽然没能够留在父母身边,而是主动申请支援边远的四川地区,可是却一直和家里保持着紧密的联系,对父母关怀备至,时刻惦记着家里每个人的生活情况。

他热爱自己的国家。谭千秋来自农村的贫困家庭,是依靠国家的助学金才完成大学4年的学业。对此,他曾多次对同学们说,一定要用自己的切身行动去报效国家。所以在毕业以后,他积极响应国家的号召,远离家乡前往边远的四川任教。

今天,他又用生命诠释了对国家深沉的爱,用自己的行动诠释了师德的力量,让人们感受到大爱无疆的分量。

谭千秋,一位扎根四川27年的平凡教师,在生死攸关的时刻用自己的生命诠释了师德和大爱无疆的含义,他在生命的最后关头所做出的举动足以让有限的生命成为永恒,让中国亿万的人民为之动容。

孟二冬

全国教师的楷模

——寒来暑往,青灯黄卷;日复一日,萧疏鬓斑,几乎不敢偷闲半日

姓　　名	孟二冬
籍　　贯	安徽省宿州市
生卒时间	1957年1月~2006年4月22日
人物评价	全国模范教师、全国优秀共产党员。2009年9月14日被评为100位新中国成立以来感动中国人物之一。

孟二冬,一个让亿万人感动的名字。这位用顽强的毅力、豁达开朗的态度、勤恳扎实的工作和渊博深厚的知识赢得了无数人尊敬的教授,用他的实际行动诠释了教师这一光荣职业的内涵。他坚守着自己崇高的信念,坚守着对教育事业的追求,坚守着对每一位学生的关怀,坚守着对生活每一刻的热爱……

风华少年

1957年1月12日,孟二冬出生于安徽省蚌埠市一个普通的家庭。上小学的时候,他认真执著、专心致志的性格就显露无遗。孟二冬在读中学的时候,老师和同学们都一致评价他是一个勤奋好学、善良淳朴的人。他学习成绩优异,对同学也是谦虚友善、有求必应,不管是学习上还是生活上的事情,他都会竭尽所能地去帮大家。

1978年3月,孟二冬进入了宿州师范专科学校中文系就读。入学以后,他废寝忘食的学习态度让同学们都惊叹不已。

1980年2月初,孟二冬以优异的成绩完成了专科的学业并被留校任教,成为了中文系的一名教师。由于工作表现突出,学校先后安排他到安徽师范大学、北京大学进修两年。从此以后,孟二冬求学的脚步并没有停歇,在十多年的时间里,他3次进入北京大学,完成了进修学习、攻读硕士学位和博士学位的求学历程。

1994年,完成博士学业之后的孟二冬被留在了北大中文系任教。他用自己顽强的毅力、豁达开朗的态度、勤恳扎实的工作和渊博深厚的知识赢得了学生们的尊重,他用实际行动诠释了教师这一光荣职业的内涵。在之后的十几年时间里,孟二冬一直保持并提升了他在宿州师范专科学校的授课风格,积极认真地备课,专心细致地上好每一堂课。除了教材上的内容之外,他还会查阅大量的史料、补充论点的考证资料。每一个问题的前因后果,他都会辅助大量的文献资料作为论据,所以,他讲课的方式和内容赢得了同行们和学生们的称颂。

支援边疆,教书育人

为了支援新疆高等教育事业的发展,2004年3月,孟二冬主动申请前往北京大学对口支援的石河子大学任教。孟二冬第一次走上石河子大学讲台的时候就深深吸引了大家。那是刚到石河子大学的第二天,孟二冬提前15分钟来到了授课的教室,这个时候的教室已经挤满了前来听课的学生。见此情形,孟二冬决定提前上课。从此以后,孟二冬每次都会提前讲课,因为他不想让他的学生等待,他想传授更多的知识给这些学生。

没有作任何的自我介绍,孟二冬直接进入主题,开始对唐代文学的风貌做整体详细的叙述,神态自然得就如同已经和大家相识已久,他用生动活泼的讲课方式和丰富渊博的知识让在场的每一位师生都称赞不已。后来,有学生在给孟二冬的信中这样写道:"在挤满师生的118号教室,通过您那铿锵有力、字字珠玑的文学史讲解,在神奇而又美妙、复杂而又多变的唐诗意境中,我们领略着文学的快乐。孟老师,您与我们的心永远地融在了一起。"为了不影响课堂的氛围,孟二冬婉言谢绝了石河子大学的老师给他拍工作照。没能留下一张孟二冬老师讲课时候的照片,也成了石河子大学教师和学生心中的遗憾。

是良师,也是益友

在众多的学生眼中,孟二冬不仅是一位优秀的老师,还是一位很好的朋友。博士毕业生曾祥波曾这样说:"孟老师为人宽厚,真诚、平等地对待学生。他做事总是为别人考虑很多,为自己打算得少,为别人做了好事也不说。孟老师曾经为我写过几封推荐信,却一直没有提起过,最后还是听别人说起来我才知道。"每次回想起这些事情,祥波的心里总是感慨万千。

硕士毕业生赵乐曾这样回忆道,在他刚刚搬进新建好的学生宿舍的时候,孟二冬担心宿舍会有甲醛的污染,就自掏腰包给每一间宿舍购买了一盆绿萝。学生刘占召回忆说,每隔一段时间,孟老师就会让学生们到他家里吃饭,并且还亲自下厨做出各种美味可口的食物,和学生们边吃边聊。有时候,孟老师还会请他们去校外饭馆吃烤鸭,而且每次一点就是两只,但是自己却不吃,却使劲地夹给学生们吃。

烟台大学的一名女生曾经在信中写道,在她上大学的时候,最喜欢上的就是孟老师的课,每次她都会坐在最前排听讲。一名在美国深造的学生说,孟老师生动活泼的上课方式和对学生专心致志的态度总是让他十分怀念。这些已经遍布各地的学生,孟二冬都能一个个想起来,并且还能回忆起和他们相处时所发生的事。

"他只是一名普通的人民教师,他没有做过什么惊天动地的事情,甚至还有一些老师都不怎么认识他,可是如果你仔细去品味孟老师为人为师,就能感受到他的人格魅力。"北京大学的系主任如此评价他眼中的孟二冬。

淡泊名利纷扰,一心研究学问

面对着社会上形形色色的诱惑,更多的人开始在名利场上你争我夺的时候,孟二冬却潜心于对学术的研究中。孟二冬拥有很多的藏书,家中许多的古籍文献都包有已经磨得发白的封皮,翻阅开来,里面都夹有一张张用来记录的纸条,他渊博的文学知识和文字功底全都来源于他长年累月的刻苦学习。1980年,孟二冬在宿州师范专科学校毕业以后留校任教,后来3次进入北京大学进修学习,在求学的道路上,他也曾遇到过很多的艰难曲折。为了学习,孟二冬总是最早地来到学校图书馆,他每天都是带着一杯开水,早去晚归,从不停歇,多年如一日地坚持着。

正是孟二冬这种水滴石穿、求学若渴的学习态度,让他撰写的《〈登科记考〉补正》一书在一出版的时候就受到广泛好评。在这本书的后记中,孟二冬曾经感叹道:"寒来暑往,青灯黄卷;日复一日,萧疏鬓斑,几乎不敢偷闲半日。"

中文系的一位教授温儒敏曾经回忆道,当他拿着孟二冬花费7年时间撰写的100多万字的《〈登科记考〉补正》的时候,他感慨万千,在这样一个追名逐利的时代,竟然还有人肯踏踏实实地去花时间做这种扎实深厚的学问。"实际上,这样一本文学史料性质的书籍,出版以后也不会在学术界引起怎样的轰动，即便出版发行也只会有几千本的销量。"但是，孟二冬费尽心力所撰写的这本书籍不仅内容充实，而且很多都是第一手的资料。不仅如此，孟二冬还把所得到的3万元稿费全部换成了书本，送给自己的老师和学生们。

因此，孟二冬是把教书育人、潜心治学作为了人生的一种追求，他的这种人生态度在当今社会更显可贵。

一片真心地对待他人

孟二冬对待别人总是付出一片真心，极为真诚。北京大学中文系的教授陈保亚是孟二冬读硕士和博士时候的同学，他曾经回忆道，读书时候的孟二冬不太爱说话，可是却总是把饭盒里面的食物分给那些经济困难的同学，勤快地打扫宿舍卫生，总是默默地把每一位同学的暖水瓶打好热水，总会在踢球之前主动地给足球充好气，哪怕有时候和孟二冬相视着不说话，可是也能感受到彼此的心灵是想通的。

孟二冬在做每一件事情的时候都永远替别人着想，可是他在答应他人的时候却从来不说什么豪言壮语。他的导师袁行霈先生就曾如此评价自己的学生："孟二冬为人清正刚毅、治学勤勉踏实，他在承诺一件事情的时候，话是如此之淡，以致不敢确定他是否真的想做；而在做的时候却肯于花如此多的气力，以致生怕他过于劳累，这样的人太值得信任了。

孟二冬在中文系担任学术刊物《国学研究》秘书的时候，日常会有很多细致烦琐的行政工作，可是他依然会给每一篇文章的作者都认真地回信，并且细致地给信封糊口、粘贴邮票，每一个环节他都会坚持自己去做，他从每一个细节的地方体现出了对他人的一种尊重。

用微笑面对病魔

2004年3月,在孟二冬支援石河子大学教学工作的第二周,他就出现了严重的嗓子喑哑症状,尽管每天都要打针、吃药,可他依然坚持去给学生们上课,伴随着声音越来越微弱,他不得不在课堂上用起麦克风,学校的领导和老师们多次劝他休息,但是都被他婉言谢绝了,并且还说:"没关系,我还能坚持得住。"之后在学校师生们的强烈要求下,他才来到当地的医院做检查,检查完以后,医生要求他必须"噤声",可是第二天,他还是强忍着病痛站在了讲台之上。2004年4月26日,在剧烈的咳嗽声中,他坚持上完了最后一节课,然后倒在了讲台上,经过医院的全面诊断,查出他已经患有食管恶性肿瘤。

伴随着病痛的多番折磨,他却从不对任何人诉苦,始终向人们展示自己积极乐观的笑容。他的同事、朋友和学生们经常说道,每次去医院看望孟二冬的时候,虽然他的样子十分憔悴,可是精神状态却是非常好,他如同以往一样谈笑自如,从不刻意回避自己的病情;他还十分幽默,经常拿自己开玩笑。

正是在医院的这一年多时间中,孟二冬新招了3个博士生和两个硕士生,送走了3个硕士毕业生,还亲自辅导他们进行毕业论文写作;在2003年春季校运动会上,他还出现在中文系的仪仗队中;他还报名参加了中文系工会组织的学车团,仅仅一个月就拿到了驾照;他修改并再次出版了《中国文学史》;不仅如此,他还在《北京大学学报》上发表了《中国文学的乌托邦理想》一文。

2006年4月22日,孟二冬最终还是医治无效,在北京不幸去世,年仅49岁。他被授予全国五一劳动奖章,荣获了全国模范教师等一系列荣誉,还被追授为全国优秀共产党员。

孟二冬只是一个平凡的人民教师,孟二冬的精神却代表了一种时代的精神,体现出中国知识分子对知识理想的追求。

"春蚕到死丝方尽,蜡炬成灰泪始干。"孟二冬用自己的实际行动完美地诠释了这句话的含义。孟二冬所展示出的一位教育工作者的光辉精神也让更多的人看到了教书育人的崇高意义和神圣使命。人们坚信在不久的将来,社会上将会涌现出更多的像孟二冬一样的平凡英雄。

者连成

乡村支教教师

——支教偏远地，一去不回头

姓　　名	者连成
籍　　贯	宁夏回族自治区泾源县香水镇
出生日期	1984年
人物评价	者连成于2006年荣获第六届中国十大杰出青年志愿者、宁夏第四届青年五四奖章。

为了到山区支教，者连成放弃了城里优越的生活；在支教中，他饱受相思和想念之苦；为了支教，他徒步走了8000多里的山路，吃掉了几百箱的方便面，者连成在支教中受尽苦难，却赢得了人们的尊重。受到他的影响，千千万万的年轻人选择了支教，年轻的生命就该燃烧得更有价值。

者连成的成才之路

1984年，者连成出生在宁夏回族自治区泾源县香水镇，父母是园子村地地道道的农民，以种地为生。泾源县为泾河发源地，位于宁夏回族自治区最南端、六盘山东麓。这里气候凉爽、雨量充沛、山清水秀、风景宜人，被誉为黄土高原上的"绿洲",被国家列为六盘山水源涵养林区和国家级自然保护区,被自治区人民政府批准为自治区风景名胜区。

泾源县旅游资源极为丰富,是一个以自然山水森林景观和回乡风情为特色,以风景游览、疗养避暑和科学考察为主要功能的风景名胜区。者连成在年龄很小的时候,每次去县城,总会看到来自世界各地的人,那些有着不同颜色头发的人说着奇怪的语言,深深吸引了年幼的者连成。和所有农村长大的孩子的目标一样,者连成的目标就是奔向城市、走出山门。他望着教室外面的天空,想象着有一天自己要像只鸟儿一样飞到天空的另一面。

初中的时候,者连成的成绩开始见好,他在班里的名次提升得很快,在初三半学期结束时,者连成被评为"学习标兵"。半年后,者连成以优异的成绩考取了县高中。高中的生活很愉快,同学们都是来自县的各个地方。通过学习,者连成终于能够解答自己小时候的问题。在图书馆看书,看到世界各地的简介,看到书上描写的城市生活,者连成由衷地向往。

高考成绩出来后,者连成选择了宁夏广播电视大学英语系,因为他想听懂那些老外究竟在说些什么。大学4年,光阴荏苒,大学期间,者连成很多次听到关于西部支教者的故事,他想起自己童年时的经历,便没有任何犹豫去报了名。

2004年,走出大学校门的者连成开始面临去哪儿找工作的问题,内心里对城市生活的向往促使他很快作出了决定。凭借着在大学时学习成绩优秀,他很快在山东找到了一份合适的工作,是一份销售工作,底薪为1300元,加上提成,大概有两千元左右。两千元是一般大学生走出校门,步入社会的薪水。良好的工作环境、优良的升职空间、齐全的职业培训,这一切足以使者连成对未来充满无限遐想。

者连成工作认真、任劳任怨,而且不耻下问,他很快就适应了这份销售的工作。然而,就在他即将转正的时候,却意外地接到了从他学校发来的通知,学校告诉他之前他申请去西部支教的报告下来了,获得批准。突如其来的通知瞬间让者连成不知所措,他觉得自己很幸运,能够从3000多名应聘者中脱颖而出,3000多名应聘者只有5个名额,者连成成功地获得了一个名额。

时间久了,者连成激动的心慢慢安静下来了,他开始思考:一边是自己梦寐以求的城市生活,2000多元的月薪,一边是偏远山区支教,只有600元的补贴可以拿。这天晚上,者连成失眠了。城市的夜晚看不到星星和月亮,者连成想起小时候的愿望,他知道在很多的山区仍然有不少孩子拥有和他一样的梦,自己为什么不帮助他们呢?者连成在两者之间反复衡量,思考再三,还是觉得去偏远山区支教更能实现他的人生价值,他说,我不能那么自私,只想到我自己,既然我有能力也有机会,我为什么不去帮助那些孩子们?或许有一天他们都会走出山门、走向世界。他似乎听到那些孩子的呼唤,又想起了学校领导的教导,者连成的心里有了初步的选择。

去偏远山区支教意味着和自己的女友分离,者连成很喜欢这个女友,他们甚至有结婚的打算。淄博火车站很小,那天却密密麻麻地挤满了人,女友到火车站送者连成,两个人望着对方面面相觑,却说不出一句话来,到后来,两个人就抱头痛哭,看着女友梨花带雨的样子,者连成的心都软了,他甚至打算放弃去支教。他对女友说:"我就去几个月,很快就会回来了。"但没有想到,者连成这一去便是许久。

穷困山区支教难

支教的条件比者连成想象的差得太多,他没有想到镇北堡镇是这样贫困,他所支教的学校周围更是荒芜,这个地方都是崎岖的山路,十分难走。附近没有饭馆和小卖部,除了者连成来时带的东西,他几乎买不到别的东西。学校周围渺无人烟,甚至连狗叫声都听不到,仿佛者连成是留下来看守大门的。

夜晚时,周围更是寂静得可怕。者连成感到无限的孤独,他十分想回到山东。

除了孤独的问题,者连成还常常为吃饭问题而烦恼。者连成从小就不会做饭,他只好托人给他买了一本菜谱,一边看食谱,一边学着烧菜,但不知是菜谱不对还是者连成对厨艺实在缺乏天赋,饭菜总是被烧得一塌糊涂。经过几次失败之后,者连成只好放弃自学做饭的想法,他买了好几箱方便面,而且都是不同调料的。他每天换着煮方便面吃,一时解决了温饱问题。

天天以泡面充饥,者连成的胃痛犯了。那段时间,他看见方便面就想吐,但为了有力气教孩子们学习,他始终坚持着。有一次,者连成正在给同学讲解英语句法的时候,突然胃剧烈地疼痛起来,者连成脸色青白,额上青筋暴出,不一会儿,豆大的汗珠就顺着苍白的脸颊落了下来,者连成只觉得疼痛难忍,嘴角都咬出了血来。他咬着牙回到自己的宿舍,躺在床上痛苦挣扎,半天后,疼痛感慢慢地消失了。

胃稍微舒服了点,者连成坐起来喝了点热水,喘气也慢慢平静下来,他决定去找校长辞职,他实在受不了了,他对校长陈述了他的困难,并表示自己坚持不下去了。校长虽然极力地挽留他,却被他拒绝了。

第二天,者连成没有去教书,他在整理自己的行李,打算乘坐下午的客车离开这里。者连成没有想到,所有的学生都到他屋里来,手里拿着很多东西,是鸡蛋或者是治胃病的药。"者老师,这是我们大家凑齐的鸡蛋,老师,你胃不好,应该吃点营养的东西。""老师,这是我爸托人从县城带给我爷爷的药,专治胃病的,很有效。""者老师,这是我们这儿治胃病的偏方,我让妈妈给你熬了点,你试试,看看效果好不好。"

孩子们的眼神中充满了真诚的爱戴,也充满了无限的渴望。者连成望着这帮孩子说不出话来。不知道谁喊了一句:"者老师,不要走。"原本安静的孩子们突然异口同声起来:"者老师,不要走,我们需要你。""者老师,我们一定会好好学习,为你争光。""者老师,你别走。"

这时,上课的铃声响了,学生却不愿意离开,有的学生哭了,很快学生们哭成了一片。者连成的眼睛湿润了,突然间,泪水涌了出来,者连成的心又软了,他对学生们说:"你们先回教室,老师洗把脸就去教课。"

哭泣的学生们瞬间兴高采烈起来,他们高兴地转身回了教室,掩上门,者连成把头埋在被子里哽咽。

镇北堡镇是宁夏扶贫调困地区之一,这里的居民都是从宁夏西海固更为贫瘠的地区搬迁来的,在西华中学工作的者连成从学生和老师口中慢慢了解了镇北堡镇的历史。他对这片土地有了热情,或者说是他喜欢上了这里。

良渠梢小学和同庄小学位于镇北堡镇最偏僻的地区,由于地处偏远,没有人愿意去这两所小学当英语老师,所以至今这两所学校没有开设英语课。者连成明白启蒙英语在学生的英语学习生涯中的重要性,为了这些孩子的前途,者连成主动请缨,要求到最艰难的地方去锻炼。

这两所小学相距四五公里,再加上那边都是山路,比较难走,理所应当地应派两位老师去,但和者连成一起来的那批西部支教志愿者却没有人肯和者连成做伴,去镇北堡镇最为偏僻的地方。者连成得知后又自告奋勇地说:"我去。"

不过从头再来

去教书的第一天,者连成就感觉到被一种无形的压力压得喘不过气儿来。良渠梢小学和同庄小学之间有着一条长为4公里的崎岖的山路,不能通车,只能骑脚踏车或步行。支教的条件不好,者连成只有步行在两校之间来回奔波,一天下来,身体就像散了架子,苦不堪言。学校800多名学生从来没有上过英语课,连教材都没有。

没有英语教材,者连成就到处到别的学校给学生们借教材,并且借助作画教学的方法来教同学们学习英语,在母校的帮助下,者连成复制了400多套磁带,他用磁带来纠正同学们的发音问题,以保证同学们能学到真正地道的英语。就这样,在者连成和一些好心人的帮助下,学校终于开设了英语课,800多名学生有了属于自己的英语课。

者连成的努力没有白费,800多名学生的英语成绩得到了质的变化。许多学生正是在这个时候打下了坚实的英语基础。后来在宁夏举办的"夷恒杯"英语比赛中,者连成代表的全队大获全胜,他感到很欣慰,者连成本人也获得了中国青少年最喜爱的乡村英语教师等荣誉称号。

英语课就这样在良渠梢小学和同庄小学开起来了,者连成十分注重自己所用的教学方法,他认为"没有学不好的学生,只有不会教的老师"。在英语课堂上,他大胆实践、努力创新,他和学生一起通过种种实验方法,最终确立了激励教育法和自尊教育法。在课堂和考试中,他别出心裁地让那些学生觉得自己能够学好英语,考试时,他把试卷设为A、B两种发给学习好的和学习差的学生,以免他们的英语成绩差距过大而给学生带来自尊上的影响。

者连成还时刻关心学生的身体素质,毕竟身体是革命的本钱,小的时候就应该有一个好的身体基础,所以平时在课前,他还会带领学生们去跑步,课间的时候去打篮球。教室外面是荒芜的沙土地,风吹来往往导致尘土飞扬,把大汗淋漓的学生染了个"花脸"。特别是到雨天,操场就变得坑坑洼洼,泥泞、路滑,十分难走,者连成觉得应该想个办法把操场整理得像个样子。

者连成去找校长,校长只能无奈地告诉他,学校没有经费,者连成只好在放学后去周围转转,看看有什么材料可以代替水泥。有一天,他从同庄小学上课回来的路上看到了冒着青烟的一个小砖厂,者连成走进去的时候发现砖厂前面堆满了残缺的废砖,他觉得材料送上门来了。于是,者连成找到厂长,当厂长听说者连成是志愿者时,说他的孩子也在良渠梢小学上学,便痛快地答应了。者连成兴高采烈,当即返回学校,把自己的想法告诉了校长,校长找来4辆农用车,当天就拉回了砖块。

听说要建操场,同学们都变得很高兴,他们在者连成和老师们指导下,用了一个星期的时间铺了一个崭新的操场。

者连成风雨不断地奔波在两所学校之间,崎岖的山路磨坏了他带来的所有鞋子,他只好托人从外面一次性地买了十几双鞋,山路崎岖不平,磨得他双脚起了血泡,晚上回宿舍脱鞋的时候,血泡往往都和鞋底连在一起,把鞋子脱下来之后,者连成觉得仿佛得了一场重病。者连成不会做饭,上课之前,只好吃两袋方便面充饥。

晚上回来后,者连成还要批改作业、备课,往往忙碌到半夜。当初那个有些白白胖胖的者连成已经不见了,取而代之的是个高挑瘦弱的人。不到两年的时间,者连成就奔走了8000多里路,吃掉了好几百箱的方便面。

者连成的付出终于得到了人们的认可,2006年,宁夏电视台做了一个者连成的专题报告,者连成的故事在宁夏这片传说悠久的土地上开始蔓延,似乎人人都知道有那么一个瘦弱的人在镇北堡镇支教,他的形象看起来是那么高大。

一个也不能少

在支教之前,者连成看过一部电影——《一个也不能少》,电影没有波澜起伏的情节,也没有令人叹为观止的场景,只是平平淡淡的故事,平平淡淡的讲述却深深地震动了者连成的心,他感动了。电影的大概内容是这样的:一位小学才毕业的13岁少女魏敏芝,在支教老师离开的时间被校长领来学校,当起了临时代课老师,为了找回自己的学生,她辛辛苦苦地到砖瓦厂搬砖;步行进城,在城里吃羹渣剩饭,睡觉的时候就缩在街角,发寻人广告,最后电视台的台长被她感动,专门为她录制了一期节目。当看到电影上魏敏芝和自己的学生拥在一起的时候,者连成激动地落下泪来。

者连成没有想到这样的场景竟会发生在自己的身上,镇北堡镇是个贫困的地方,有一些辛酸的故事。作为一名教师,者连成不允许自己的学生辍学,他深深地知道文化对贫困山区的孩子的重要性。从他的经历来讲,知识能改变命运,者连成自己就是这样的代表。不管是因为没有钱交学费还是因为学生有厌学情绪而想辍学,者连成都会用自己的方法把这些学生及时地拉回来。

然而,事情还是发生了,者连成所教的班级有一个学生不打招呼就离开了学校,者连成在同学的带领下见到了辍学学生的家长,学生的父母体弱多病,家庭几乎没有任何经济来源,学生只好去银川打工。

者连成乘车去银川,一家一家地餐馆问过去,历经几个月的时间,者连成终于在一家小餐馆里见到了他的学生。见面的瞬间,他哭了:"你知不知道,老师找得你好苦啊!"学生的眼泪没有忍住,花花地落了一地。

"作为志愿者,我一个人的力量是渺小的,但在我之前有开路人,在我之后,力量还在传递、在延续,只要接力棒不停,宁夏贫穷落后的面貌就会改变。"事后,者连成这样说。一年半的支教生涯,让者连成收获了无限的温暖和舒心。

者连成的故事慢慢地引起了人们的注意,支教期间,他和学生们在一起的那些故事慢慢地在中国这片古老的土地上传播。无数的志愿者以他为榜样,走进西部,支援西部。2006年,者连成荣获第六届中国十大杰出青年志愿者和宁夏第四届青年五四奖章。

任长霞

中国警界的楷模

——向我看,跟我学,对我监督

姓 名	任长霞
籍 贯	河南省睢县
生卒时间	1964年2月8日~2004年4月14日
人物评价	全国五一劳动奖章获得者、全国公安战线一级英雄模范。被誉为警界女神警。

她只是一个普通的女人,却从事着不平凡的职业。从成为警察的那一天起,她就将为人民服务放在首位,一心一意地在自己的岗位上为广大的人民群众服务,忠实地履行着国家和人民赋予她的责任。她用自己的实际行动创造出不平凡的光辉灿烂的业绩,赢得了人民的赞叹和拥护,她就是人尽皆知的警界女神警任长霞。

英勇警长万人敬

1964年2月8日,任长霞出生于郑州市一个普通的工人家庭。任长霞小的时候貌不出众,身体也比较虚弱,在兄弟姐妹中也最不受宠。不过,这也就养成了她独立好强的性格,她希望自己能够成为一个强大的人。另外,由于她小的时候还在农村住过很长一段时间,再加上又出身于工人家庭,所以她从小就有着强烈的保护他人和弱小者的欲望,因此,当任长霞成年加入警队以后就非常同情弱小群体,并且极为耐心地倾听人民群众反映的各种情况。

1983年,任长霞正式加入了神圣的警察队伍,开始时在警队的预审部门勤勤恳恳地工作了13年。

任长霞在工作上的突出表现让她很快就被任命为郑州市局技侦支队的队长。担任队长以后,她不顾自身安危,多次孤身犯险,深入虎穴,亲自抓获了中原第一盗窃高档轿车案的主犯,并先后消灭了7个黑社会团伙,共抓获犯罪嫌疑人多达370人。任长霞在警队的神勇表现也为她赢来了警界女神警的称号。

智勇双全,打击罪恶

2001年4月,由于工作能力强、破案率高,任长霞从郑州市公安局技侦支队队长一职调任为登封市公安局局长,成为了河南省公安系统中第一位女公安局局长。任长霞出任局长以后,摆在眼前的一系列问题也极为严峻。面对这一系列的问题,任长霞没有退缩,也没有胆怯,她深入走访基层了解情况,跑遍了登封市的17个乡镇区派出所,终于找到了这些问题的根源所在。随后,任长霞实行了"从严治警"这一政策,清除了警界队伍中的3个害群之马,并将另外15位长期违法乱纪、擅离职守的民警逐一开除。这个举措起到了很好的效果,让众多民警开始积极主动地投入到工作中去。

不仅如此,任长霞还同时破获了多起影响恶劣的重大案件:"4.15"东金店强奸焚尸案、"4.18"大冶镇火石岭村绑架案、"5.18"特大盗枪案、"5.28"石道杀人案、"6.9"强奸轮奸女教师案、"7.2"唐庄杀妻杀子案等等。这些案件的逐一告破也赢得了众多民警和人民群众的称赞,所有人都说:"登封市来了一位英勇的女神警,案子发一起就破一起,在她手里就没有破不了的案子。"

2001年4月25日,任长霞从民警队伍中选调了20多名民警成立了一个"控申专案组",以"立足化解,妥善处置"为思想中心,把上访改为下访,变被动为主动,把专案组的控申工作查处信访积案作为一项重要工作,并把每周六固定作为局长的群众接待日,认真听取人民群众反映的情况。经过粗略统计,在3年时间里,任长霞一共接待人民群众来信3467人次,让476户上访老户不再上访,停止申诉。任长霞的辛苦付出也被广大人民群众由衷地称赞为"任青天"和"女包公"。

这一系列辉煌的业绩全都取决于任长霞对理想的追求和对使命的承担。早在1983年,任长霞刚从警校毕业加入到警队队伍中的时候,她就在自己的日记本中写下了一段话:"能成为一名打击罪犯、保护人民的人民警察,能亲手抓获犯罪分子、还老百姓公道,是我人生最大的追求。"就是从这个时候开始,任长霞就担负了警察的神圣使命,并立下了把自己的一生都奉献给公安事业的誓言。

1992年11月,任长霞在郑州市公安系统和政法系统岗位练兵的大比武中一举夺冠;1994年11月,她在全省的预审岗位练兵大比武中再次夺冠。不仅如此,任长霞在办理案件的过程中注重案件的侦查以及办案经验的积累,提高审讯工作的技巧。凭着丰富的工作经验和熟练的审讯技能,直接审理了各种刑事案件高达1072起,抓获犯罪嫌疑人950余人,创造了河南省预审工作中无人能比的辉煌战绩。1998年,任长霞被任命为郑州市公安局技侦支队支队长。

在随后的两年里,她带领民警跑遍了全国20多个省市,侦破了将近300起的重案、要案,抓获到的犯罪嫌疑人共有350名之多。

面对家庭，她满怀愧疚之情

生活中，任长霞也拥有一个幸福美满的家庭。她深爱自己的丈夫和儿子，可是工作的特殊性，又让她无法去做一个好妻子和好母亲，即便父母生病，她也无法及时地在床前尽孝。每当想到因为生病而瘫痪在床的父亲、看到儿子殷切眷恋的目光、忆起丈夫对她工作无怨无悔地默默支持，她就愧疚不已。哪怕在春节这样一个全家团圆的节日里，任长霞也没有时间赶回家中和家人团聚，而是马不停蹄地去给老上访户们送米送面，在街头上查看民警的执勤情况。

有一次，14岁的儿子在考完试以后，因为实在想念长久未见的妈妈，再加上想给妈妈一个惊喜，就孤身一个人从郑州的家中骑着自行车到远在80里以外的登封市去找她，在走到新密市境内的时候，自行车不小心碰到了路边的石头，儿子的胳膊、腿和肚子都被擦伤了。当她看到满面灰尘、身体多处摔伤的儿子的时候再也忍不住眼中的泪水，一把搂住儿子，她知道自己欠儿子的太多太多，她不是一个合格的母亲。

关怀弱势群体

作为一位女公安局长，任长霞既有警察的威严，也有女性独有的温柔，尤其在面对妇女和儿童的时候更是事事亲力亲为、关怀备至。为了在最大程度上去保护这些妇女儿童们的合法权益，她先后组织开通了"110"反家庭暴力服务台、成立了妇女维权示范中队，组织了多警种联动、相互合作、一同作战的机制，并在短短的一年多时间里一共接受了470多起报警，成功处理了175起刑事案件，逮捕嫌疑人共计96人。

2001年5月3日，登封市大冶镇西施村煤矿发生了一起特大瓦斯爆炸事故，事故直接导致13名矿工不幸遇难。任长霞在处理这起事故的时候，听闻11岁的女孩刘春玉的父亲遇难，母亲也因为突发心脏病去世，刘春玉成了一名孤儿，就不假思索地担负了刘春玉的生活以及学习的所有费用。

为了能够让更多的孩子得到帮助，2002年1月的时候，任长霞开始在民警队伍中发表倡议，并在全局开展了"百名民警救助百名贫困学生"活动。这项活动让全市126名贫困学生得到了救助，重新返回到了学校。在任长霞的积极带领下，3年里，登封市公安局一共帮助困难户达70多户，得到帮助的人民群众也有300多人，颁发的各种利民便民措施高达60多条，民警主动上门替人民群众解决苦难，使警民关系更为融洽。

英年早逝，万人哀痛

2004年1月30日，登封市告城镇发生了一起极为恶劣的强奸杀害幼女案，任长霞得知以后迅速成立专案组，并同其他的侦查员们共同吃住，调查案情，这样废寝忘食的工作状况整整持续了73天。4月13日晚上，在得到郑州市公安局专家组的大力协助下，任长霞又带领一批专案民警彻夜工作，终于侦查出一些重要的线索。4月14日上午9点，任长霞带着案件的相关资料前往郑州市公安局汇报案情，并制订出案件下一步的侦查方向。下午的时候，又在郑州市侦查出另外两起案件的重要线索。为了全面部署当晚的侦破抓捕工作，任长霞在处理完郑州市的工作以后急忙赶回登封市。当天晚上8时40分，任长霞所乘坐的车辆意外遭遇车祸，当场受到重伤而导致昏迷不醒，经过医院的大力抢救，最终还是由于伤势过重，于2004年4月15日零时40分离开人世，年仅40岁。

40岁正是人生中最为壮美的阶段，可是任长霞却再也无法继续她最为忠诚热爱的公安事业。她用自己对国家的忠诚、对人民群众的热心和辉煌灿烂的战绩荣获了全国"五一劳动奖章"获得者、全国三八红旗手、中国十大女杰、全国青年岗位能手、全国优秀人民警察等20多项荣誉称号,她用自己的一生履行了"立警为公、执法为民"这一神圣的职责。

2004年,《感动中国》评委会授予了任长霞"感动中国"奖项,同时在颁奖词中写道:"她是中原大地上的又一个女英雄。扫恶打黑、除暴安良,她铁面无私;嘘寒问暖、扶危济困,她柔肠百转。十里长街,白花胜雪,挽幛如云,那是流动在百姓心中的丰碑!一个弱女子能赢得百姓的爱戴,是因为在她的心里有对百姓最虔诚的尊重!"

2004年6月,任长霞再次被公安部追授为"全国公安系统一级英雄模仿"这一光荣称号。

面对人民群众的时候,她始终关怀备至,帮他们排忧解难;面对不法分子的时候,她不畏艰险,将他们逐一绳之以法。任长霞用自己的实际行动履行着"立警为公、执法为民"这一神圣的职责。她不仅是整个公安系统的英雄,同时还是民警中的楷模。任长霞用自己的一腔热血捍卫了百姓的平安,用崇高的信念和高尚的人格实践了"立党为公、执政为民"的要求,为人们树立了"权为民所用、情为民所系、利为民所谋"的辉煌典范。

社会在不断地发展与前进,我们的社会还会涌现出更多像任长霞一样平凡的英雄,他们会用自己的行动去诠释自己为之奋斗的信念,成为更多人学习的楷模与典范。

孔繁森

舍己为人的好干部
——冰山愈冷情愈热，耿耿忠心照雪山

姓　　名	孔繁森
籍　　贯	山东聊城
生卒时间	1944年7月~1994年11月29日
人物评价	优秀的共产党员、焦裕禄式的好干部、时代先锋、领导干部的楷模、我们学习的好榜样。

孔繁森入西藏以前，就写下"是七尺男儿生能舍己，作千秋鬼雄死不还乡"的条幅。刚到西藏，他又写下"青山处处埋忠骨，一腔热血洒高原"的条幅。在西藏，他一心为民，两袖清风；为了藏族孤儿，他3次进医院献血；为了改造西藏人民的生活，他事事当先，舍己为人。他是领导干部的楷模、我们学习的好榜样。

初次与西藏结缘

1944年7月，孔繁森出生在聊城市堂邑五里墩村的一个贫穷的农村家庭，是孔子第74代子孙。家里的条件很差，孔繁森很小的时候就开始做一些家务或者简单点儿的农活,孔繁森在这样的环境中养成了不怕吃苦的习惯。虽然生活条件差,但家人并没有放松对孔繁森的教育,孔繁森在很小的时候就开始背诵孔子的文章,等他年龄稍微大了一点儿,家人就开始给他讲解这些文章的含义。孔子的文章成了孔繁森的精神食粮。

新中国成立后,孔繁森的家庭条件开始变好,孔繁森的父母送他到村里的学校上学。孔繁森读完小学、初中与高中,然后到聊城技校。那个时候的技校是比较难考的,考技校的人很多,考大学的人却很少。那时候,进入了技校就意味着找到了一个铁饭碗,就意味着生活稳定、幸福。

1961年,孔繁森从聊城技校毕业后,便参加了当时的士兵招募,成为了一名解放军新战士,孔繁森在部队待了7年,在部队中,几乎每年都被评为"五好战士"。1966年9月,由于表现突出,孔繁森光荣地成了一名共产党员。

1968年,在部队待了7年多的孔繁森感觉到自己的人生价值应该建立在为人民服务上。有一天,他犹豫了很久,还是敲开了团支部的门,他决定复员。虽然团领导很舍不得他,但在听过孔繁森的解说后,坚持不放的口气松了下来,人各有志,只要是为人民服务,在哪儿做都一样,复员后的孔繁森担任了聊城技工学校革委会副主任。

在此期间,孔繁森听说了大量关于西藏的故事,有时,他望着西面那深蓝的天空发呆,他突然想去西藏看一看。机会很快就来了,1979年,国家要从内地挑选一批有能力的年轻干部到西藏地区帮助西藏发展经济,帮助西藏人民摆脱贫困的生活。当时,孔繁森已经是地委宣传部的干部,但他还是主动报了名,西藏情结一直纠结在他的心中,这一次,他要抓住这次机会实现自己的愿望,当时孔繁森还写下了"是七尺男儿生能舍己,作千秋鬼雄死不还乡"的条幅,充分表达了自己支援西藏的决心。这一去,孔繁森便和西藏结下了不解之缘,也许连他自己都没有想到,自己和西藏的缘分如此深厚。

一心为民,两袖清风

1979年7月,孔繁森赴西藏自治区,当地政府考虑到孔繁森年轻能干,又在部队当了多年的兵,身体素质过硬,在孔繁森点头后,把孔繁森派到了海拔较高的岗巴县任县委副书记,岗巴县的情况比孔繁森预想的还要差很多,刚到岗巴县的孔繁森有点儿高原反应,但他很快就克服了。

从此,孔繁森在岗巴工作了3年。3年期间,他跑遍了岗巴县的每一寸土地,他访问那些贫困地区,询问他们的需要,并想方设法地把群众需要的东西给送过去。他和群众一起工作,收割、打场、干农活,孔繁森把自己的工资分给那些贫困的牧区人民,孔繁森一心为民的做法很快赢得了当地百姓的爱戴。在参访群众的过程中,孔繁森与他们结下了深厚的友谊。

1988年,孔繁森已经任聊城市行署副专员,在工作上,他认真刻苦,作为一名党员,他时时刻刻坚持着作为一名党员的原则,处处严格要求自己,在工作中深受老百姓的爱戴和领导的赏识,但在他的心里一直没有忘记西藏的那些贫困人民,他始终觉得西藏的人民更需要他的帮助。这时,山东省决定选派干部支援西藏。

选派干部时,组织上首先跟孔繁森通了话,认为他是党员,政治思想上成熟,而且又有过援藏的经验,组织打算让他领队,孔繁森很快表示自己愿意支援西藏。组织问:"有什么困难吗?"孔繁森回答:"没有。"

孔繁森第二次进藏,被当地领导任命为拉萨市副市长,分管文教等工作。文化教育工作成了孔繁森工作中的重点,他知道拉萨地区有很多地方的学生没有学校,他便想办法积极地捐款,建立希望学校。为了摸清拉萨贫困地区的学生的教育情况,孔繁森一次次奔走采访。在那段时间里,他的双脚几乎踏遍了拉萨的每个角落。有一天,由于海拔高,再加上多雪,孔繁森乘坐的车子突然打滑,刹不住车。由于惯性,孔繁森从车子里甩了出来,颅骨骨折,高烧昏迷,被人们送往医院后,检查得知孔繁森被撞成严重的脑震荡。在住院治疗期间,孔繁森依然关心学生的教育问题,很多次,他不顾医生的劝告,在身体依然高烧的情况下,骑着自行车赶去处理关于教育的一些问题。

在他的带领下,拉萨的教育问题得到了很大的解决,拉萨的适龄儿童入学率更是提高到了80%。孔繁森欣慰地笑了笑,但他随即严肃起来,他觉得应该做到不让一个孩子失学。

1992年,拉萨市几个县发生强烈地震,孔繁森奔走在抗震第一线,他还收养了3个在震中失去父母的孤儿。他将这3个孩子接到自己家里,承担起养育孩子们的责任。孔繁森的生活又陷入了一片拮据中,他的工资不高,常常要资助贫困的市民,还要解决市里的教育问题,他身上的钱所剩无几。看着饿得哇哇哭的3个孩子,孔繁森只好到西藏军区总医院献血,那时的孔繁森已经是将近五十的人,常年奔波使他看上去就像是70岁的人,护士认为他年纪大,不适合献血,孔繁森只好说:"我年纪大了,家里还有3个孩子要养,孩子们都饿得哭了,帮个忙吧。"护士深受感动,答应了他的请求。孔繁森先后献血3次,而且为了防止人民认出他,他在献血证明上署名是"洛珠",献血表明了孔繁森对藏族孤儿深深的父爱。

无情未必真豪杰

为了西藏的发展,为了党的事业,孔繁森把对亲人的爱深深地埋在心里,他觉得自己对不起家人。

其实,在孔繁森第二次进西藏之前,家里的状况就一直很不好,母亲年纪大了,生活已不能自理,需要人照顾;3个孩子也是未成年,也需要人照顾;妻子的身体状况一直不好,还做过很多手术,也是需要照顾的人。孔繁森一走,家里的重担全都压在妻子一个人身上,每次想到这里,孔繁森都觉得愧疚。但是西藏有更多的人需要他,党也需要他,在家庭和国家面前,他选择了国家。

　　1993年,孔繁森的妻子到西藏探望孔繁森,路费是东一家西一家借才攒够了。但到了西藏后,孔繁森的妻子突然身体上的老毛病复发,吃药花去了不少钱,回去的路费不够,妻子只好向孔繁森要,孔繁森翻翻口袋也不过只有十多元钱,妻子的眼泪无声地落了下来,孔繁森只好去借,在外借了半天,只凑够了500元,距离路费还差很多。妻子不忍心让丈夫为难,便说谎自己的路费够了。妻子是在路上坐当地人的车走一程,然后再搭车走一程,回到家时已经是一个多月以后。到济南后,妻子去看了看正在大学读书的女儿,女儿差点儿认不出自己的母亲,因为母亲老了太多。怕女儿担心,妻子说,"我去你爸那儿了,西藏很苦,刚回来。"女儿对妈妈说:"学校让交学杂费,我写信给爸爸,爸爸让我跟您要。"孔繁森的妻子一听,眼泪刷刷地流了下来,女儿哪里知道自己现在身上一分钱也没有,就连回到聊城也是个问题。但为了安慰女儿,孔繁森的妻子说,"妈先回家,过段时间给你邮过来。"在这个瞬间,妻子甚至埋怨丈夫,但她心里也明白,丈夫这么做是对的,西藏更需要他。

冰山愈冷情愈热,耿耿忠心照雪山

　　没人能说得清孔繁森在西藏期间究竟做了多少件好事,没有人记得,也记不过来。但很多人记得,1994年11月29日,孔繁森在去新疆塔城考察的途中,不幸发生了,这一年,孔繁森年仅50岁,因车祸殉职,让人更动容的是,车祸后,人们在他的遗体上找到的现金只有8元6角,在场的人无不泪流满面。

在孔繁森的葬礼上，西藏人民挂了副挽联，表达了他们对孔繁森的爱戴和怀念：

上联：一尘不染两袖清风，视名利安危淡似狮泉河水。

下联：二离桑梓独恋雪域，置民族团结重如冈底斯山。

"冰山愈冷情愈热，耿耿忠心照雪山。"孔繁森在一首诗中表达了自己对国家、对西藏的热爱，他把自己献给了西藏，为了西藏，他对亲人"无情"；为了西藏，他不辞辛劳。

就像那些在西藏抛头颅、洒热血的前辈们一样，孔繁森也把自己献给了这片朴实的土地和朴素的西藏人民。西藏人民会永远记得他，就像著名诗人、作家臧克家在《有的人》中写道："有的人活着，他已经死了；有的人死了，他还活着。给人民做牛马的，人民永远记住他！他活着为了多数人更好地活的人，群众把他抬举得很高，很高。"

2009年，孔繁森被评为"100位新中国成立以来感动中国人物"。

罗盛教

伟大的国际主义战士

——生来只为杀敌寇,殒身不恤救孤童

姓　　名	罗盛教
籍　　贯	湖南省娄底新化县
生卒时间	1931年~1952年1月2日
人物评价	中国人民志愿军一级爱民模范、模范青年团员、伟大的国际主义战士、100位新中国成立以来感动中国人物。

有一个名字穿越大江南北,穿过朝鲜战场,穿过岁月的河流,永久铭记在中朝两国人民的心中。他是一位伟大的国际主义战士,而这个称号也是对一名军人最崇高的评价。他的名字叫做罗盛教。

少年参军

1931年,罗盛教出生于湖南省新化县一个普通的家庭。他小的时候在维新、文德小学读书,后来因为家中贫困而被迫辍学回家。1945年的冬天,罗盛教来到了乾城县所里镇(今吉首)的叔父家中,并在第二年的春天进入了省立九师范附小就读。1947年的时候,罗盛教考取了省立九师范,并在毕业之后进入了省立十三中学高中部继续学习,并改名为罗盛教。

由于家境贫困,罗盛教在 11 岁的时候才得以进入小学读书,可是仅仅只读了一年半就被迫辍学了。为了生活,父亲把他送去当了道士。14 岁那年,罗盛教又不得不独自到镇上叔叔开的杂货铺里去打工谋生。

1949 年,罗盛教的家乡解放了。同年 11 月,他参加了中国人民解放军,成为了湘西军政干部学校的一名学员。由于罗盛教的文化程度比较低,所以听起课来非常吃力,总是抓不住重点。为了赶上学习队伍,每次下课以后,他都会借同学们的笔记,然后仔细地进行抄写。在建校劳动中,需要把倒在河中的一棵树抬到岸上搭桥用,罗盛教就第一个跳进河中,在他的带领下,其他同学也都纷纷跳进河中,终于把大树抬到了岸上,并搭起了桥。

1951 年 4 月,罗盛教积极响应国家的号召,报名参加了中国人民志愿军,并跟随部队远赴朝鲜战场,并担任了志愿军第 47 军 141 师侦察队文书一职。

参加抗美援朝

在朝鲜战场的抗战前线,罗盛教亲眼目睹了美帝国主义对朝鲜人民所犯下的罪恶行径,这也激起了他对侵略者们的憎恨和对朝鲜人民的同情。每当看到那些因为战争失去亲人的朝鲜老人和孤儿的时候,罗盛教总是对敌人更加憎恨,想要早日上前线和敌人进行搏斗,而不是只在后方担任一个文书。事有凑巧,罗盛教和炊事班的另外 4 位同志被敌人冲散到友邻阵地上,总算上了前线,与敌人真刀真枪地干了一仗,那一次可把罗盛教乐坏了,终于实现了他上前线和敌人搏斗的愿望。

不仅如此,朝鲜人民对中国志愿军的深厚情谊也让罗盛教深受感动。有一次,部队在一个伸手不见五指的黑夜中行军,一位朝鲜老大娘却顶着风雪，提着保险灯来给战士们照路，还不断地提醒志愿军战士们小心走路，不要掉进泥坑中。面对这一切，罗盛教觉得只有通过奋勇杀敌才可以报答朝鲜人民的情意。他多次要求上前线杀敌，都被指导员耐心地劝说："你的决心是好的，可是革命工作有分工，你现在担任文书工作，对消灭敌人是有保证作用的！"罗盛教就更加努力地工作，除了做好自己的文书工作以外，他还经常冒着炮火到前线为战友们送饭，抢救受伤的战友。

8月的一天，罗盛教和炊事班的同志们到阵地上送饭回来，忽然一颗炮弹穿过头顶，落在了前面村庄的土地上，发出了震耳欲聋的响声。炮声过后，罗盛教听到远处传来了孩子的哭叫声，于是他冒着生命危险，循着哭声找去，最后在一个防空洞旁边发现了一个孩子，这个孩子还扑在一名妇女的怀中，边哭边喊着"阿妈妮"，这个孩子的身上、脸上、手上都沾满了鲜红的血。罗盛教第一次目睹如此惨烈的情形，他紧握拳头，悲痛不已。这个时候，美军扔下的炮弹炸向孩子，罗盛教却不顾一切，毫不犹豫地将孩子抱起来，交给了附近的一位朝鲜老大爷。然后，他又跑回去安葬了那位被炸得血肉模糊的朝鲜母亲。

打抱不平，乐于助人

生活中，罗盛教也是一位敢于打抱不平、直言不讳的人。

有一次，罗盛教和战友们一起去街上买东西，看见一个卖东西的小商贩在欺负一位买苹果的妇女，他明明给那位妇女称得不够数，但他还是一口咬定绝对没有短斤缺两。罗盛教看见以后，二话不说就走了过去，从那位妇女的手中接过刚刚买过的苹果，又向其他商贩的摊位走去，他拿起别的商贩的秤一称，发现这个商贩果然给称得不够数，于是就跑回去狠狠地批评了那个商贩一顿。

有一年的元旦会餐,炊事班做了很多的饭菜,还有很多的馒头和油饼,战士小王和小李两个人就特别兴奋,便开始划拳喝起酒来,两个人越喝越兴奋,不禁就有些晕晕乎乎,由于手夹筷子不紧,小王就把两块肥肉掉在了桌面上,小李也把半个馒头扔在了地下,两个人就这样一边喝酒,一边浪费,很多战士都对他们两个人的行为表示不满意,可是碍于战友间的情面,也都不好意思去说他们。在这种情况下,罗盛教站出来了,他非常严肃地对两位战友说:"每一粒粮食都是农民辛辛苦苦种出来的,你们这样铺张浪费就是人民的罪人。自己能吃多少就拿多少,别这样边吃边扔的,你们看看自己都浪费了多少粮食?这种坏习惯是不是应该批评?"

英勇救人,不幸遇难

1952年1月2日清晨,罗盛教和战友宋惠云一起去河边练习投掷榴弹,那个时候正是冬季最为寒冷的季节,河面上也都被厚厚的冰雪所覆盖,几个朝鲜儿童正在冰面上玩耍,欢笑声一阵接一阵,忽然传来了一阵呼救声:"有人掉进冰窟窿了,快来救人啦!"罗盛教听到呼救声以后急忙循着声音冲了过去。他一边奔跑一边飞快地脱掉了身上的衣服,接着就跳入了冰冷的河水中。过了好久,罗盛教才浮出河面,然后深吸了一口气,又再次钻入了水中。时间一点点过去,又过了一会儿,罗盛教终于将落水的孩子托出了水面,可是当那个儿童在往冰面上爬的时候,冰面再一次塌了,儿童也随之再次掉入河中,此时的罗盛教已经被冻得全身发紫,身体也已快要支撑不住了。即便如此,他也没有丝毫的犹豫,就再一次地钻入了水中。过了很久,罗盛教才用头和肩膀把那个儿童给顶出水面。这个时候,战友宋惠云已经将一根电线杆拖到河边,儿童抱住电线杆才被拉上岸。人们焦急地等着罗盛教上岸,可是他却再也没有上来。为了救落水的朝鲜儿童,罗盛教牺牲了,这个时候的他年仅 21 岁,正是人生最美好的季节。

　　1982 年 2 月 3 日,中国人民志愿军领导机关为了表彰罗盛教伟大的国际主义和革命英雄主义精神,特地为他追记了特等功,并且追授为"一级爱民模范"称号;同年的 4 月 1 日,中国新民主主义青年团中央委员会追授罗盛教"模范青年团员"称号;1953 年 6 月 25 日,朝鲜民主主义人民共和国最高人民会议常任委员会追授罗盛教一级国旗勋章和一级战士荣誉勋章,并将罗盛教牺牲的栎沼河改名为"罗盛教河",把安葬他的佛体洞山改名为"罗盛教山"。

　　2009 年 9 月 10 日,在 11 个部门联合组织的"100 位为新中国成立作出突出贡献的英雄模范人物和 100 位新中国成立以来感动中国人物"评选活动中,罗盛教被评为"100 位新中国成立以来感动中国人物"。

　　国际主义战士罗盛教这个英雄的名字曾经教育了一代又一代的年轻人,罗盛教的英雄事迹也将会永远铭记在中朝两国人民的心中。

雷锋

一颗永不生锈的螺丝钉

——我要把有限的生命投入到无限地为人民服务之中去

姓　　名	雷锋
籍　　贯	湖南省长沙市望城县
生卒时间	1940年12月18日~1962年8月15日
人物评价	中国人民解放军战士、共产主义战士、全心全意为人民服务的楷模。

他生来贫困，却有一颗善良的心，他即使出差，也会做很多好事；他是战士，安分守己，积极完成自己的任务；他珍惜时间，点点滴滴用于学习。他说："把有限的生命用到无限地为人民服务当中。"他做到了，他成功了。他是人民的战士、全心全意为人民服务的楷模，他有一个响亮的名字——"雷锋"。

悲惨的童年

1940年腊月的一天，天空中飘着大片大片的雪花，风呼啸着吹过，寒冷异常，突然从一个破旧的民房中传来婴儿的哭声。这一天，雷锋出生在湖南省长沙市望城县，父母是最普通的老百姓，雷锋的出生并没有给这个贫困的家庭带来多少欢乐。对普通的农村家庭来说，多了一个人就意味着多了一张口，多了一个人吃饭，这让原本家庭状况就很不好的雷家的日子更加艰难。

那是新中国成立前的黑暗时期，人们都生活在水深火热中，雷锋的爷爷以为地主种地为生，往往一年辛苦劳作下来都不够维持全家的生计。最后，由于常年疲劳疾病的积累，雷锋的爷爷终于病倒了，病倒了就无法去耕种土地，也就没有收入，但还承担着地主沉重的苛捐，终于有一天，雷锋的爷爷被没有人情味儿的地主逼死了。

雷锋的父亲叫雷明亮，是一个进步人士，参加过毛主席领导的农民运动，以致遭到国民党的记恨，1938年的一天，他被国民党抓了起来，关在地牢中狠狠地打了3天3夜，给雷明亮的身体健康带来严重的伤害。从地牢出去后，雷明亮总觉得精神恍惚，做事总提不起精神，他的伤势越来越严重，终于在1944年的时候不幸逝世。

雷锋兄弟3人，他还有一个哥哥和一个弟弟。哥哥在外当童工，由于常年劳累，不幸得了痨病，家庭贫困又无钱治疗，在痛苦中结束了自己的生命。雷锋的弟弟则是在荒年被活活饿死的，于是，在雷锋6岁的时候，整个家里只剩下他和母亲相依为命。

雷锋的母亲也是一个有着沧桑经历的人，她是铁匠的女儿，因家里无力抚养她长大，就把她送给了雷家做了童养媳，母子二人就靠母亲在田地里辛苦劳作和给别人洗衣服为生，但一个妇道人家，身体又羸弱多病，抚养雷锋渐渐觉得有些力不从心。最后，雷锋的母亲被来收租的地主活活逼死了。

雷锋在7岁那年成了孤儿，当时雷家的邻居六奶奶实在看不下去，便决定收养这个孩子，但六奶奶家和雷家一样都是贫困人家，根本无力养活一个孩子，六奶奶只好拿着手掌大的碗，今天去东家借一碗粥，明天到西家借些野菜，雷锋的衣服也是穷乡亲把不要的布料收集在一起缝制的，所以雷锋是"吃百家饭，穿百家衣"艰难地长大的。

三道疤痕

雷锋从小就心地善良,看到很多命运悲惨的家庭,看见很多活着苦不堪言的百姓,他都会心痛地落下泪来。为了帮助善良的六奶奶,他常常会做些力所能及的事情。雷锋经常去蛇形山砍柴,但在当时,蛇形山是徐家地主的私有土地,根本不允许老百姓去砍柴。为了生计,雷锋总是偷偷地去,而且选择离徐家较远的山头。

有一天,六奶奶不幸感染了风寒,雷锋从药铺里赊到了一些廉价的草药,回家的时候却发现没有木柴了。雷锋去借,却没有借到足够的木柴,雷锋只好去蛇形山里砍柴,由于心里着急,雷锋选择了离家较近的山头砍柴,却意外地碰到正在散步的徐家地主的老婆。地主婆正在为今年的收成不足往年的收成而闹心,地主婆一看到雷锋就像看到了一个出气筒,她破口大骂,言辞极尽侮辱。骂累了之后,地主婆要雷锋把柴运到她家。她拉扯着雷锋的耳朵,沿着山路慢慢往地主家走。

雷锋被逼急了,他低下头咬了一口地主婆的手背,地主婆疼得哇哇直叫,她夺过雷锋手里的柴刀,拉过雷锋的左手背,举起柴刀在雷锋的手背上狠狠地连砍3刀。鲜血滚滚而出,染得雷锋脚下干枯的土地一片猩红。受了伤的雷锋从衣服上扯下一块布紧紧地缠住伤口,两眼瞪着地主婆,目光中充满了仇恨。地主婆终于害怕了,她扔下柴刀抱头鼠窜,雷锋拼命压抑住复仇的念头,他拾起柴刀,背着木柴返回了六奶奶家。就这样,雷锋的手背留下了3条疤痕,看上去很狰狞,这3条疤痕时时刻刻提醒着雷锋,他要改变这一切。

毛主席的好战士

1949年,湖南解放,雷锋从此结束了痛苦的生活。作为一名孤儿,雷锋得到了共产党的照顾,尤其在听雷锋讲身世的时候,当时在场的几位共产党领导人都不禁流下泪来,他们鼓励雷锋要好好学习,做一个对人民有用的人。在共产党的帮助下,雷锋得以进入小学读书,在学校中积极地帮助同学,并加深了对共产党的领导。那时学校刚刚成立了中国共产主义少年先锋队,雷锋幸运地成为第一批加入的成员。他望着鲜红的红领巾和学校飘扬的国旗,在心里暗暗发誓自己一定要做一个对人民有用的人。

1956年,雷锋小学毕业。这一年,雷锋16岁,他觉得自己长大了,是个大人了,应该做些大人该做的事情,在自己的努力下,雷锋成功地在中共望城县委当了一名公务员。工作中,他任劳任怨、态度积极,又善于提出解决问题的方法,因此很受领导和同事的赏识,在他工作的那一年,雷锋被望城县县政府评为"模范工作者"。1957年,雷锋被调到团山湖农场,和农场的人一起工作,他只用了短短一周时间就学会了开拖拉机。在那时,作为学徒,学习的时间一般为3年,雷锋只用一周就达到以前3年才会有的水平,得到了场主的重视,雷锋在《望城报》发表了他平生第一篇文章《我学会开拖拉机了》,并于当年加入中国共产主义青年团。

这段时间发生的一件事深深地影响了雷锋的人生观。有一天,雷锋和场主出去,在路口的转弯处,雷锋觉得脚下好像踩到了什么东西。他抬起脚,发现是一颗生了锈的螺丝钉,便打算置之不理,可是场主看见后弯腰捡起了那颗螺丝钉。雷锋觉得很奇怪,场主说道:"你是开拖拉机的,你觉得如果拖拉机上的零件缺少了一个会怎么样?"

雷锋想了想说:"可能会出毛病。"

场主说:"小锋,你看,缺少了任何零件,机器都有可能无法正常运行,甚至会导致祸患。在建设新中国的时候,我们每一个人都是这样的螺丝钉,缺了谁都不行,我们应该用螺丝钉的精神去建设我们的国家。"

"我要做一颗永不生锈的螺丝钉。"雷锋脱口而出,场主看了看雷锋,欣慰地笑了。在回农场的路上,雷锋心里暗暗下决心,要在社会主义建设中做一颗永远不会生锈的螺丝钉。

在1957年到1959年的工作中,雷锋积极努力、吃苦耐劳,在实际工作中解决了一个又一个的棘手问题,并多次被评为"先进工作者"、"标兵"和"红旗手"。雷锋以他踏踏实实的工作作风得到了人民的尊重,被人民称为"毛主席的好战士"。

做好事不留名

1959年腊月的一天,雷锋动了想去当兵的念头。

雷锋的身高只有1.54米,身体素质不是很好,看起来来赢弱不堪,不符合征兵条件。但雷锋并没有放弃,为了表明他的决心,他跑了几十里路到兵役局。雷锋当时工作的焦化厂领导很重视他,不肯放他去参军,同事们更是不舍得失去这个好朋友。在雷锋的苦苦哀求下,领导和同事让他去试试,但大家都觉得凭他的条件是不可能会被部队选中的,因此也并没有太在意。

雷锋的身体素质没有达到征兵的要求,但当时征兵领导考虑到雷锋的政治素质过硬和有技术,最后被破例获准入伍。消息传回焦化厂,领导和同事都傻眼了,只有放雷锋离开,雷锋如愿地穿上了军装。

1960年1月8日是雷锋入伍的第一天,初到部队的雷锋心情异常激动,部队在他眼里是个神圣的地方,在当天的全国欢迎新战友大会上,雷锋作为一个优秀青年被选为新兵代表在大会上发言。站在台上的时候,雷锋感觉心脏都要从胸膛里跳出来了。

迎新大会结束后,雷锋就开始了新兵连的训练。雷锋明白自己的身体素质不够过硬,在训练期间,他常常在任务结束后额外地给自己布置一些任务。雷锋的训练成绩慢慢提高上来,赶上并超过了队友。新兵连训练结束后,雷锋被分配到运输连当驾驶员。经过一个月的努力,雷锋成为新兵中最快的合格驾驶员,并且是第一个被下到战斗班。

作为一名汽车兵,每天的运输任务是很重的,要开着车去各个连队、去不同的地方运输物资和军需用品,常常没日没夜地在路上跑,所以雷锋连坐下来学习的时间都没有,他只好抓住在运输中休息时的琐碎时间学习,他把书放在印有红五星的挎包里,随时带在身边,只要休息,他就翻开书学习一会儿。他总是把睡前的那段时间拿出来学习,有时宿舍熄灯了,他会到外面的街灯下接着读书、学习。

一次,轮到雷锋所在的汽车连看电影,雷锋趁着电影开始前的灯光翻开书学习,正在聚精会神的时候,一个小小的脑袋的投影出现在他的书本上,雷锋回过头,原来是位戴着红领巾的学生在探头探脑,被雷锋看到,学生不好意思地笑了笑,"解放军叔叔,你在看书吗?""是啊。"看到眼前的学生,雷锋似乎想到了当年的自己,自己就是在共产党的帮助下才进入校园、戴上红领巾的。小学生非常好奇地问:"就这么点儿时间,你还看书啊,解放军叔叔?"雷锋说,"时间不算短,我已经看了好几页儿《毛泽东选集》了,平时任务多,没有时间,不抓紧点儿不行啊。""解放军叔叔,你真认真。"雷锋问,"你在学校认真学习吗?"学生答道,"认真,可只是在课堂时间内认真。"雷锋亲切地说,"学习要抓紧时间,不要浪费时间,你们现在要比当初的我幸福多了。"学生听了思考了一会儿,说,"向解放军叔叔学习。"雷锋笑了。

当兵期间,雷锋总是竭尽所能地去帮助那些需要帮助的人。在部队里,星期天属于休息时间,雷锋格外珍惜这一天,他要用这一天来学习,尤其是在他决定参加共产党、准备写入党申请书的时候。

　　星期天,闷了一个礼拜的战士们的脸上又开始绽放了光彩,他们商量着怎么度过这一天,有的去市里逛街去了,有的洗衣服、打篮球,更多的是给家人写信。战友们一个个地离开了,没有人打扰雷锋,因为他们知道星期天是雷锋雷打不动的学习《毛泽东概论》的日子,他们也乐意给他提供一个安静的学习环境。这天,雷锋的肚子突然格外的疼,他想,夜里要出车到很远的地方,肚子疼可不好,于是他就到部队卫生连去看病。军医给他做了详细的检查,然后说道:"你这是半夜着凉了,回去的时候要多吃点温暖的食物,不要喝凉水,很快就会好的。"

　　雷锋从卫生连出来之后想去部队周边看一看上次看电影时遇到的学生,他的学校好像就在附近,可是却意外地碰到这所学校正在扩建。工地上尘土飞扬,工人们干得热火朝天,还有很多没有穿工作服的人,样子看起来像是学生的家长,想起自己曾经的经历,雷锋的心情越发随着工人们的心情而高涨,他朝工地奔跑过去。

　　工地旁边还放着几辆空车,雷锋推起一辆车加入推砖的队伍,雷锋飞跑着推了几趟砖,额头上豆大的汗珠开始冒了出来,他把军装脱了下来缠绕在车把上,越干越起劲。工地上的工人们一看来了位解放军,情绪也变得高涨起来,甚至有工人在喊:"同事们,加油。看看是解放军同志力气大还是咱工人干活多。"工人们更加卖力起来,太阳升到头顶上,雷锋不知推了多少趟,这时学校的女广播员跑了过来,问雷锋是哪个部队的、叫什么名字,雷锋说自己只是一个过客,看见大家在干活,便过来了。广播员坚持问雷锋的名字,雷锋没有说,但眼尖的广播员看到雷锋左手背上有 3 条淡淡的疤痕,心里有了主意。雷锋回到宿舍后,对今天发生的事情只字不提。可是,过了几天,连长和指挥员却找到了雷锋,同来的还有那天在工地上出现的广播员。雷锋做好事不留名的故事又一次传遍了连队。

1960年,运输连通过了雷锋的入党申请,工兵团党委在党委书记、政委韩万金主持下临时召开党委扩大会议,批准雷锋为中国共产党党员。

屡展才华遭天忌

成为党员后,雷锋更加严格地要求自己,时时刻刻以党员的准则为原则,不仅平时在运输连努力安全地做好每一次的运输任务,他还开始试着写文章,他所写的日志在沈阳军区《前进报》上首次发表,随后还发表署名文章《解放后我有了家,我的母亲就是党》。1962年春节,雷锋在《前进报》发表《1962年春节写给青年同志们的一封信》。不久后,又发表了《在毛主席的哺育下成长》《我是怎样从一个苦孩子成长为毛主席的好战士的》《做毛主席的好战士》等署名文章。

雷锋的文章字字真诚,字里行间流露出一颗赤子之心,完全表达了一个从苦难中长大的人对党的恩情的感激,并把这种感激转到回报党、回报社会的方向。雷锋的文章引起了很大的影响,尤其在青少年间,学习雷锋成了普遍的行为,谁要是没有读过《雷锋日志》,背不出里面的经典话语,大家都会把自己的书借给他读。作为一个战士,他勤勤恳恳地完成自己的任务;作为一个人民,他无条件地帮助那些需要帮助的人。雷锋说,他只是做他该做的事。

很多人永远都忘不了1962年8月15日这一天。这天,天公不作美,细雨纷飞,雷锋和他的助手乔安山长途跋涉出车回来。下车时,雷锋发现车身上沾了很多淤泥,雷锋很爱惜车子,于是让乔安山把车开到洗车处清洗一下淤泥。去往洗车处要经过一条狭窄的过道,雷锋站在过道边,在车后挥舞手臂为乔安山倒退转弯提供帮助。车子缓缓地驶进过道,突然,汽车的后轮开始打滑,车身晃荡得厉害,猛然间碰到了旁边的一根电线杆,电线杆直直地砸在雷锋的太阳穴上,雷锋只觉得头脑一阵阵痛,失去了知觉,然后晕死过去。

乔安山呼救的声音引来了战友,望着地上头部鲜血淋淋的雷锋,战友们吓傻了,他们把雷锋送到部队最近的医院——西郊职工医院进行抢救,部队的领导听说后也迅速地赶往医院,急救室里挤满了来自部队的战友和领导,他们眼光着急地望着紧闭着的急救室门,半小时后,医生一脸抱歉地走了出来,由于颅骨损伤严重,雷锋的大脑伤害得太过严重,抢救又不及时,雷锋不幸因公牺牲了,年仅22岁。

1963年,毛主席在听闻雷锋的故事后,亲手为雷锋题词:"向雷锋同志学习。"并把3月5日定为学雷锋纪念日。周恩来总理也为雷锋题词:"雷锋同志是劳动人民的好儿子、毛主席的好战士。"一时间,在全国范围内掀起了学习雷锋的热潮。

现在,只要有人不为名利而做了好事,人们就会称他为"活雷锋"。

雷锋的名言至今为人民所记得,并且影响深远,尤其是那句名言:"人的生命是有限的,可是,为人民服务是无限的,我要把有限的生命投入到无限地为人民服务之中去。"这句名言即使在日渐浮躁的今天,听起来依然发聋振聩。

诺尔曼·白求恩

救死扶伤的战地医生

——战士在火线上都不怕危险,我怕什么危险

姓　　名	诺尔曼·白求恩
籍　　贯	加拿大安大略省格雷文赫斯特镇
生卒时间	1890年3月3日~1939年11月12日
人物评价	著名的外科医生、中国人民的好朋友。

他是世界著名的外科医生,是皇家外科医学会会员,本该有着前程似锦的前程、物质丰饶的生活、收获很多的赞赏,然而他却为了和平而选择了冒着生命危险,在战火间行医;在第一线,他创立了太多的第一次,培养了太多的医务工作者;为了信仰,他无怨无悔地选择了做一名战地医生。他是一位真正的救死扶伤的天使,他是诺尔曼·白求恩,是中国人民永远的好朋友。

少年学医,卓有建树

1890年一天,白求恩出生在加拿大安大略省。白求恩是家中的长子,他的祖父是个卓有建树的外科医生,在当地人中间很有威信,受到外祖父的影响,白求恩从小立志也要做一名外科医生。虽然他的父亲很希望他能够接父

亲的班,成为一名牧师,但见多识广的父亲并不迂腐,他听从了孩子的意见,考虑到孩子的兴趣,他觉得当个医生确实比牧师作用更大。

所以后来,他并没有干涉白求恩选择学医,反而期待白求恩能够在医学上有一番作为。白求恩的中学成绩很优秀,毕业后,他顺利地进入多伦多大学,开始学医。为了支付学医需要的庞大的学费,课间和假期,他勤工俭学,在上大学期间,他做过记者、家教、侍者、消防队员、伐木工人,等等,尽管大学生活如此拮据,他依然坚持着学习医术。

为了更快地提高自己的医术,尽早体验到做手术的感觉,这一年,他报名参加去法国战场,当了医护队伍里的担架员,但不幸的是,在一次救助伤员的行动中不幸受了重伤,军队把他送回家养伤,在家休养了近半年,身体上的伤才痊愈,白求恩回到学校继续学业,并通过了多伦多大学的硕士考试,顺利地成了一名研究生。1916年,白求恩获得了博士学位,结束了自己的学习生涯。

1918年,白求恩参加了英国海军,由于医术高超,很快就当上了上尉。在第一次世界大战过程中,白求恩跟随着军队救死扶伤。在实践中,白求恩的医术进一步升华,成为能够独当一面的外科医生。第一次世界大战结束后,白求恩被录取为英国皇家外科医学会会员。次年,通过严苛的考试,他成了英国皇家外科医院的临床研究生。

但好景不长,1926年的夏天,白求恩发现自己患上了肺结核,他认为自己死定了,于是便有些心灰意冷地离开了底特律,回到家乡疗养。在那段苦闷的日子里,白求恩真的觉得自己离死神如此之近。在家乡待了一年多,白求恩很颓废,他全身乏力,咳嗽个不停,他甚至想亲自结束自己的生命。

正当白求恩绝望的时候,他突然从报纸上看到了一种新的治疗肺结核的办法,他欣喜若狂,觉得自己得救了。凭借在医学中的关系,白求恩很快找到了发明"人工气胸"疗法的人,经过近一年的修养,白求恩病愈了。

1929年，病愈后的白求恩又回到了蒙特利尔的皇家维多利亚医院，成为加拿大胸外科开拓者阿奇博尔德医生的助手，通过跟着阿奇博尔德做手术，在手术中观察，白求恩的医学见识越来越广。

在皇家维多利亚医院期间，正是白求恩在医学上卓有建树的时期，经历过生死的他，把精力全部用在了医疗手术器械的改革之中，并获得大量成就。与此同时，白求恩发表了14篇学术论文，在国际上渐渐有了名气。

在底特律行医

离开了皇家维多利亚医院后，白求恩开始了他漫长的行医生涯。他游走于全国各地，为形形色色的人治病，几年后，他的足迹几乎遍布了整个加拿大。在行医期间，白求恩看到了很多医疗制度的不平等之处，感觉很厌恶，尤其是有很多必须接受治疗的人却因为没钱而被挡在医院门外，医院外面，很多人都在忍受疾病的折磨，甚至在这里随时可以看见病人死去，可是经过的医生却不闻不问，这让白求恩感觉很寒心，他决定用自己的力量来帮助这些人。白求恩开始奔走呼吁，谴责医生见死不救的做法，他认为应该在医院成立一个基金，专门用来求助这些没钱看病的人。但遗憾的是，白求恩的请求并没有得到医生们的认同，这条建议没有被通过。

建议没被通过，白求恩想法儿用别的办法来帮助这些穷人，他认为应该建立全面的社会化医疗制度，这样人们可以看得起病，他希望政府能够把医疗制度法律化，这样的话，才能更好地解决这些贫民的问题。他甚至给政府主席写过一封信，他说："我们面临的是一个社会和政治经济领域的伦理道德问题，而不仅仅是医学经济学的问题。医疗制度必须被看做社会结构的一部分。提供医疗保障最好的形式是改变经济体制，消除无知、贫穷和失业。"

在与那些穷困的人打交道的时候，他发现很多他认为病得很严重的人却意外地好了,白求恩所在的医院并没有给他们看病,白求恩很诧异,这位病人说,他运气好,遇到了共产党,共产党救了他。于是白求恩想看看共产党究竟是什么样的组织。在病人的帮助下,白求恩见到了当时的加拿大共产党的领导人,在对共产党的了解加深后,白求恩于1935年11月加入了加拿大共产党。

1936年的冬天,白求恩报名参加西班牙反法西斯的战争,在战争中,他积极地救助病人,并且以共产党员的身份见到了当时西班牙的共产党人,从西班牙回来以后,白求恩听说了中国战场的故事,遂前往纽约,向当时的国际援华委员会报名。

白求恩在中国

1938年1月2日,白求恩带着足够组建几个医疗队的设备和药品,从温哥华出发到香港。同月的20日,他到达香港,他来到这个有着古老历史的国家,对于这个国家,白求恩总觉得似乎有种神秘的感觉若隐若现地吸引着他,他决定在这个地方扎下根来,他总觉得这个国家很需要他。

在去往延安的途中,白求恩见到了太多太多的凄惨的景象,这一路上到处都有逃难的灾民,这些灾民随时都有可能倒在炮火或者疾病中;再往北去,随处可见坑洼里掩埋着一批批的尸体,一条快干涸的河床里泡着许多的尸体,一阵尸体腐烂的味道透过车窗传过来,白求恩胃里一阵翻江倒海,前面似乎还有几个当兵的在抢老百姓的东西,白求恩急着要下去帮助这些贫民。"先生,那是国民党的军队,我们这样下去会有危险的,会被识破的。"和他随行的人说,白求恩只好放弃了打算。白求恩是在宋庆龄的帮助下才弄到了这辆军车,把他送到延安。他索性拉上了窗帘,眼不见心不烦。

几天后的傍晚,白求恩到了延安,延安处处是一片生机勃勃的景象,即使是在傍晚,还有很多人在田地里劳作,甚至还有很多士兵。这些人的眼睛里都流露出亲切的神情,白求恩微笑着与他们点头示意。"这是一个截然不同的世界",白求恩想。

晚上的时候,白求恩见到了毛泽东,毛泽东从书桌旁站起来欢迎他。在白求恩看来,毛泽东的身体很魁伟,头发又黑又亮,一双眼睛更是炯炯有神。他们亲切地握了握手,然后开始坐在烛光下交谈。见面详谈甚欢,白求恩说着自己在中国的所见所闻,毛泽东为他讲述了中国共产党的故事。不知不觉两个人已经谈了3个小时,天已经很黑了,白求恩知道自己该告别了,他知道这位领袖每天只有三四个小时的睡眠时间,他不忍心打扰他。毛泽东看起来还是那么有精神,那双眼睛还是那么炯炯有神。

白求恩很快就组建了一支医疗队,深入到共产党的第一站线。哪里有需要,哪里就有白求恩的身影,他甚至就在离战士火线不足百米的地方做手术,那是一个废弃的窑洞,对面的机关枪在突突作响,头顶上还有日本的飞机轰轰作响,白求恩就是在这样的地方从死神手里夺过一条条生命。护卫他的士兵让他转移,白求恩不肯,他说,离战线的时间越长,伤员到达的时间也就越长,在医学上,一分一秒都可以解救一个人。

白求恩以他高超的医术和不畏牺牲的精神赢得了广大士兵的爱戴,他们称呼这个有着浓密胡子的外国人为"朋友"。

中国第一个志愿输血队

在战地中做手术,总会遇到各种各样的问题,白求恩总是凭借着高超的医术和一颗善于解决问题的脑袋化险为夷。战地中,各种物品的缺乏还是限制了白求恩的救助,尤其是血源的缺乏更为严重。

有一天,白求恩正在给一个失血过多的士兵做止血手术,却发现士兵已经昏厥了,作为医生的白求恩明白,这是失血过多的特征。为了挽救这条生命,必须马上进行输血。他问身边的护士,有没有谁愿意给士兵输血,结果令白求恩很失望,手术室里没有一个人肯输血。无奈之下,白求恩只好挽起自己的袖子对护士说:"先抽我的血,手术后我向你们详细讲述输血。"大家看着白求恩抽出自己的血,然后输给了那个失血过多的士兵。过了段时间,士兵慢慢地醒了过来,手术室里的其他人感觉很羞愧。

手术后,在手术室的外面,白求恩开了一次动员会,他希望能够组建一支输血队,因为在前线,因为失血过多而去世的士兵很多。在这个偏僻的小村庄,人数很少,但白求恩不放弃,认为只要是离战场近的地方就该有一个输血队。

在护士的帮助下,白求恩又表演了一次输血。当时,在落后的山区,人们以为输血是件很可怕的事,甚至在白求恩输血后,有人怯怯地问:"输血会失去生命吗?"

白求恩笑了,原来这些人以为输血给另外一个人会失去生命,所以有很多人不愿意输血。白求恩说:"输血并不会失去生命,人自身贮存的血液量是足够多的,只要不超过一定的量,是不会有任何危险的。"

群众中爆发出了惊喜的喊声,一个五六岁的小女孩说:"白求恩叔叔,我也要献血。"

白求恩看着这个可爱的孩子,说:"不,我的孩子,想要献血,最起码你得成年。"

群众中爆发出一阵笑声。

白求恩趁势说:"等有伤员的时候,我们才需要有人献血。以后会有很多受伤的战士从战场上抬下来,你们愿意组建一支输血队吗?救助我们的战士。中国有句老话,叫做救人一命胜造七级浮屠。你们愿意吗?"

群众热情高涨:"我们愿意,我们愿意。"

这是中国第一支志愿输血队,从此以后,在中国辽阔的土地上、在战场上随处都可见这样的输血队。

在最后的日子里

在休闲的时候,白求恩就开始教他的学生医术。战场没有教材,他就自制教材,并且在做手术的时候,他还允许学生观看。那段时间,白求恩培养了很多医务干部,并亲自编撰了很多战地医疗教材。

1939年10月下旬,涞源县摩天岭爆发了激烈的战斗,那天,白求恩身体有点不舒服,低烧,这种情况下是不应该出现在手术台上的,但想着那些受伤的战士,白求恩吃了点药片,毅然走向了战场。摩天岭的战斗很激烈,受伤的战士很多,而且其中有不少手术只能白求恩一个人做,长时间地手术,白求恩的体力开始下降,他感觉头脑一阵昏厥,但仍坚持着做手术,因为他知道只有他才能救这些士兵的命。

时间在流逝,需要做手术的战士也开始变得少了。突然,在抢救一个病重的伤员时,不小心被手术刀割破了手指,白求恩并没有在意,他的心全在搭救这名重病伤员上,并没有注意到自己。

一直忙碌到很晚,白求恩才结束了这一天的工作,由于疲劳,回到自己的宿舍,白求恩便沉沉地睡去了。

第二天醒来,白求恩洗手的时候发现自己的手指已经被感染了,他急忙去找治疗感染的药,却遗憾地发现药没了,他从加拿大带来的药全用在了救助战士身上了。

他隐瞒了自己受感染的情况,用纱布把自己的手指包扎起来,然后继续参加救助战士的手术中。

该发生的还是发生了,1939年,在手术中,白求恩的手指又被细菌感染转为败血症，医生们紧急救治白求恩，半小时过后，救治无效，白求恩在河北省唐县黄石口村逝世。

白求恩死后，毛泽东亲自写了一篇文章《纪念白求恩》，他在文章中称白求恩为一个高尚的人、一个有道德人、一个有利于人民的人。在文章中，毛泽东是这样说的："我和白求恩同志只见过一面，后来他给我来过许多信。对于他的死，我是很悲痛的。现在大家纪念他，可见他的精神感人之深。我们大家要学习他毫无自私自利之心的精神。从这点出发，就可以变为大有利于人民的人。一个人的能力有大小，但只要有这点精神，就是一个高尚的人、一个纯粹的人、一个有道德的人、一个脱离了低级趣味的人、一个有益于人民的人。"

埃德加·斯诺

中国人民的好朋友
——从根本上说,真理、公正和正义是属于中国人民的事业

姓　　名	埃德加·斯诺
籍　　贯	美国密苏里州堪萨斯城
生卒时间	1905年7月19日~1972年2月15日
人物评价	著名作家、第一个采访红区的西方记者、中国人民的好朋友。

埃德加·斯诺,作为一名美国人,他亲切热情,漂洋过海,成为第一个采访红区的西方记者;写成《红星照耀中国》一书,引起轰动;新中国成立后,他3次访华,对中国的思念不言而喻。他是中国人民的好朋友。

积累与磨炼

1905年,埃德加·斯诺出生于美国密苏里州堪萨斯城。从地理上看,密苏里州堪萨斯城处于美国48州的中心点,所以被称作"美国的心脏"。有着全球数量最多的运作喷泉,所以被称作"喷泉之城"。密苏里州堪萨斯城是密苏里州的第一大城市,经济发达、文化繁荣。

20世纪初的美国经历过美西战争的洗礼,已经开始由自由资本主义向

现在资本主义转变,即是向垄断资本主义发展的时期。

埃德加·斯诺的父亲是一家印刷厂的厂主。从小,斯诺的生活环境优越,但却有一颗不安分的心。刚学会走路的他,就曾经独自走出家门去看外面的世界,家人找了很久才找到他。斯诺是一个富有想象但缺乏耐心的人,而且和那些顽皮的孩子一样,他经常会搞一些恶作剧。但他很聪明,总是善于发现问题,他那学问不高的父亲和信天主教的母亲经常无法解答他的问题,他开始试着自己去找答案。

虽然斯诺每周坚持跟着母亲去教堂,可他一点儿也不相信宗教。对年少的他来说,外面的精彩及冒险的世界才更有吸引力。少年时期的斯诺很调皮,他经常骑着脚踏车去不同的地方,和伙伴在波涛汹涌的河水里洗澡、登高山、探山洞。

斯诺的学习成绩并不出众,在学校中,他经常逃课打架,是老师最为头疼的几个小顽皮之一。斯诺是家中最小的孩子,父母很疼爱他,父亲希望斯诺能从印刷学徒开始做起,一步步掌握印刷所需的全部技能,但小斯诺对印刷并不感兴趣,他只喜欢新奇和冒险的东西。

初中时期的斯诺开始喜欢读一些关于冒险的书籍,他最喜欢的一本书叫做《20天环游世界》,他畅想着漂洋过海,游历世界,探索世界未知的地方。

小斯诺当记者的梦想应该是从他开始给报馆送印刷品开始。年少的斯诺拿着刚刚印好的印刷品,一走进报馆的大门,远远地听到编辑室里那些记者在交谈,他们谈论巴西、欧洲,谈到中国,斯诺常被记者描述的异国风情所吸引,尤其是在记者谈到中国的时候,说他们都是龙的传人。斯诺想知道龙是什么样的,可记者们比画了半天也无法告诉他一个正确的答案。斯诺觉得东方很神秘,他很想去这个有着古老历史的国家去看看,顺便可以告诉西方的人,让西方的人了解东方的历史,明白龙的形象。

密苏里州人天生的打破沙锅问到底的精神深深影响着斯诺。随着年龄的增长,这种问号在斯诺心里越来越重,让斯诺寝食难安。1925年,斯诺考进了密苏里大学著名的哥伦比亚新闻学院。这是一所新建的学院,它是世界上第一所只教新闻采访和写作的学院,这完全符合斯诺的想法。

大学期间,斯诺学习很认真,再加上从小耳濡目染,斯诺很快就掌握了作为一名记者应该具有的技能。为了巩固自己的技能,他还在《堪萨斯城明星报》报社做了一名兼职驻校记者,成为报社里的第一位兼职记者。从事记者这个职业满足了他部分冒险的欲望,他可以采访不同的人,探讨不同人的生活,但深埋在心里的东方梦时时刻刻刺激着他。

在新闻学院学习一年后,斯诺对日益单调的大学生活感到沮丧,干任何事情都提不起精神,斯诺渴望冒险,渴望新的生活,斯诺觉得要想改变平庸的、无所作为的青春,是该作决定了。斯诺决定离开密苏里,在一个傍晚,斯诺和家人告别后,登上了去纽约的列车。

旅途中,斯诺听人谈起中国的情况,说中国现在状况很不好,在那片古老的土地上出现了怪物,这些怪物有着红头发、红眼睛,甚至连皮肤也是红的。这些怪物吃人肉、喝人血,而且还打不死,中国政府拿这些怪物没有办法。这是几年了,斯诺又一次听到关于中国的消息,他不害怕那些怪物,他只想到魂牵梦萦的地方去看看。

列车上,有一个中年人听到这些谣言后置之一笑。斯诺觉得这个中年人应该知道一些关于中国的故事。斯诺后来才知道这个中年人是查尔斯·汉斯汤,纽约有名的记者,供职于纽约多家报刊。

在查尔斯·汉斯汤的帮助下,斯诺成功地在纽约当地一家报社当了名记者。从查尔斯·汉斯汤那里,他得到了许多关于中国的消息。斯诺了解到统治中国的是国民党,简称国民政府,政府主席是蒋介石,还得知中国国内不太安稳。

得到的消息越多,斯诺的心就越多了一份急不可待。斯诺见惯了纽约的繁华后,越发对东方这片古老的土地思念。1927年下半年,斯诺拿着查尔斯·汉斯汤写给在当时上海当主编鲍威尔的推荐信,找到了一艘在世界各国做贸易的商船,然后应聘当了一名舱面水手,趁机到了中国。

斯诺在中国

经过半年多的海上航行,斯诺终于到了当时中国最繁荣的城市、具有"东方巴黎"之称的上海。他见到了当时任《密勒支评论报》的主编鲍威尔,把查尔斯·汉斯汤的推荐信交给鲍威尔,打算谋个差事。鲍威尔在东方见到来自家乡的人,兴奋得像3岁的孩子,他当即就给办理了,就这样,斯诺谋到了他在中国的第一份差事——助理主编。

斯诺原本打算在中国待一段时间,了解一下中国后就离开。那时的他没有想到他和中国的缘分如此深厚,甚至让他有更深的"中国情结",他更没有想到这一待,就在中国待了漫长的13年。

不久后,斯诺被任为《每日先驱报》驻东南亚记者,他的足迹开始遍布全中国,他见惯了在白色恐怖笼罩下的各种凄惨的状况,老百姓流离失所,生活苦不堪言。斯诺迫切想知道谁能够改变中国。他参访过国民党的高层官员,但那些官员并没有给他留下很好的印象,他觉得国民党改变不了中国这个"人吃人"的社会,他甚至隐隐约约中觉得国民党才是导致这个万恶社会的罪魁祸首。斯诺一度心灰意冷,他甚至打算离开中国。

斯诺的爱情故事

就在斯诺打算离开中国的那一年,一艘建造庞大的轮船开进了当时还不算繁华的上海外滩,海伦·福斯特就在这艘船上。她那年才23岁,大学刚毕业,她是奔着斯诺来的,用她的话来说,就是为了见斯诺一面,她说,我觉得我们会成为很好的朋友。在家人的帮助下,海伦成功地成了美国驻中国领事馆的新任秘书。她在报纸上看到斯诺对中国的介绍,她觉得这是一个可爱的男人,同样的,她也痴迷于古老东方神秘的历史。

轮船在黄昏时驶进了热闹的华灯初上的上海外滩,一走下轮船,海伦就迫不及待地在电话亭打了她在中国的第一个电话。她很幸运,电话通了,斯诺当时正在报社里加班,他在收集资料、整理些文件,以便交接工作。斯诺后来回忆起:"正是这个电话改变了我离开中国的决定,尤其当我跟海伦见面时,这种感觉就更强烈了。"两人约在离上海外滩不远的咖啡馆见面。

海伦叫了辆人力车,带着行李,就直接去了咖啡馆。一个小时后,斯诺才姗姗来迟,当时海伦就坐在一个没人注意的角落里,有点孤芳自赏的感觉。迟到的斯诺一走进咖啡馆,就看到了角落里的海伦,他觉得这个女孩有种与众不同的行为。而当他坐在海伦对面的时候,就被海伦的美丽触动了某根心弦,斯诺被电到了。他说:"我从来不相信一见钟情,我认为感情都是慢慢地从友谊发展而来的,两个初次见面、彼此又不了解的人谈情说爱,总感觉有点滑稽。但见到海伦的那一刻,我发现我错了,世上确实存在一见钟情的感情。"就在斯诺笨拙地问话时,海伦却大大方方介绍起自己,海伦坦率地说:"我叫海伦,虽然这是咱们第一次见面,我却认识你很多年了。还在大学的时候,我就经常看你写的关于中国的报告,我欣赏你的才华,也和你一样喜欢这个美丽和古老的国家。我想和你一起写关于中国的报告,中国有句俗语

'男女搭配,干活不累',你愿意带领我一起工作吗?"

斯诺当时十分感动,说:"如果有位漂亮的姑娘邀请和你一起去工作和共进晚餐,我想任何一位有礼貌的绅士都不会拒绝这种美意。"这次约会结束后,斯诺帮海伦找了个房子,并且离他当时居住的地方只有5分钟的路程。自那以后,斯诺就再也没有想要离开中国的想法。两人的约会越来越频繁,斯诺迫切与海伦建立起一种更为亲密的关系,他说他对海伦"一日不见,如隔三秋"。

1932年,在斯诺的努力下,他的想法终于成了现实,海伦答应做他的新娘,他们在美国大使馆举行了一场豪华盛大的婚礼。

那时的中国经过"九一八事变",时局变得更加动荡不安,中国这片古老的土地早已飘零,破败不堪。在度过蜜月后,斯诺觉得自己总该为这片古老的国家做些什么。不久后,斯诺被燕京大学招聘了。那段时间里,他经常和鲁迅先生接触,他说:"我对中国政治最初的认识主要来源于鲁迅先生。"

在斯诺工作的地方,经常可以看到来自全世界各地的报纸,可以在上面发现大量介绍中国共产党的信息,但大多都是引用。他觉得作为一个战地记者要对他的读者负责,对他所了解的真相负责,他突然有种想去红区采访毛泽东的想法。

红星照耀中国

虽然没有去过红区,但在采访中,斯诺感受到了中国共产党极强的感召力。他看到很多即使家中只有一个孩子的家庭也要把孩子送去当红军,他们说红军是他们自己的军队,他们支持为人民当家做主的军队。他想去采访,去看看究竟是什么样的队伍能在民众中有如此高的威信,但是,作为美国记者,他如何才能长途跋涉经过国民党和日本人的封锁,顺利到达延安?就算顺利到达延安,红军如何相信他?一时间,斯诺的头脑百般纠结、痛苦不堪,他无法压制想去红区的强烈念头,海伦提醒斯诺应该借助他人的帮助,尤其是有身份地位的人。这时,斯诺想到了宋庆龄。

斯诺在上海见到宋庆龄,他把自己的想法告诉了宋庆龄,得到宋庆龄的全面支持。宋庆龄觉得中国共产党被世人误会得太深了,尤其是海洋另一面的国家,斯诺应该把事实告诉全世界。几个月后,斯诺顺利地冲破层层关卡,于6月下旬到达延安。

到了延安,斯诺觉得像换了另一片天,延安处处充满了生机,随处可见老百姓的笑脸,他看到不少士兵在帮老百姓耕田、挑水、劈柴,斯诺觉得不可思议:"这究竟是怎样的军队?"

在宋庆龄的帮助下,斯诺成功地采访到当时红军几乎所有的高级将领,他还成了第一个采访毛泽东的外国记者,原先的担心早就抛在脑后,就连那些红军战士看到他也并没有露出奇怪的表情,斯诺在这个人人平等的红区,突然明白了老百姓爱戴共产党的原因。

在延安的那几个月,斯诺每天都忙于采访、记资料,傍晚的时候,他有时还去毛泽东的住宿,和毛泽东一起喝酒、谈心。斯诺还为毛泽东照了很多经典的照片,很多年以后,这些照片都成为了非常珍贵的资料。获得足够多的资料后,斯诺回到了北平。

回到北平之后,斯诺闭门谢客,在海伦的帮助下,他全力投入写作《红星照耀中国》(《西行漫记》)的任务中,海伦给予了他很大的帮助,这个当初说来中国只为找斯诺的女子慢慢地成为斯诺身边不可缺少的人。

经过半年多的准备和写作,斯诺在一个黄昏的下午完成了这本书。同年10月,这本书在国外出版,引起世界轰动,也吸引了更多的外国记者来中国进行采访。后来,胡愈之先生把这本书翻译出来,中文版的《红星照耀中国》在中国国内出版,让处在国民党反动统治下的老百姓看到了红军领导亲切和蔼的形象,在国内进步青年和知识分子中产生了巨大的影响,一时间,斯诺的名字为中国人皆知。

永远的中国情结

1941年,斯诺遭到国民党的驱逐,被迫离开中国。

斯诺回到国内,仍然关心中国的抗战情况,关心共产党的发展,后来斯诺移居瑞士日内瓦,这点仍然没有改变。即使遭受麦卡锡主义的迫害,斯诺仍心系中国。新中国成立后,斯诺曾经3次访问中国,对一个美国人来说,这是不容易的一件事。

1972年,斯诺因患癌症不幸病逝。遵照斯诺的遗嘱,在宋庆龄等人帮助下,斯诺一部分骨灰安葬在中国。斯诺被葬在他生前曾经工作的地方——燕京大学(后改名为北京大学),墓碑上刻着苍穹有力的几个字:"中国人民的美国朋友埃德加·斯诺之墓。"

为了纪念斯诺对中国的贡献,新中国发行了一套《中国人民之友》的邮票,其中就有斯诺。斯诺作出的贡献永远不会被人们遗忘,他永远是中国人民的美国朋友。

胡愈之

出版界"运筹帷幄的主帅"

——我们的心中只有国家民族,我们绝不存有党派偏私之见

姓　　名	胡愈之
籍　　贯	浙江绍兴上虞县丰惠镇
生卒时间	1896年9月9日~1986年1月16日
人物评价	著名的社会活动家、具有多方面成就的革命学者。

胡愈之的一生颇具传奇色彩,早年就与书刊、出版结缘,并且一生奋斗于此。在抗战期间,敢冒天下之大不韪,在国统区印刷红色书籍;为了国家和民族,他数次深入险境;胡愈之一生正直不阿,堪称群众楷模。

与报刊结缘的绍兴小伙

上虞县是浙江省建县最早的县城之一,这里依山傍海、风景秀丽。上虞县的历史源远流长,据史籍记载和出土文物证明,4000多年前的石器时代,也就是原始社会时期,就已经有人类开始在这里聚集、生活。相传父系氏族社会后期,虞舜因避丹朱之乱来此。据郭沫若考证,在殷商时期的甲骨文中就刻有上虞的名字。秦王嬴政二十五年更是设置上虞县,属会稽郡。

上虞县自古经济较为发达,文化也比较昌盛,自古就是人才辈出的地方,可以说是山清水秀、人杰地灵。文化的发展自然离不开教育的繁茂,尤其是到了近代,更是出现了不少杰出的学者和爱国者。1896年9月9日,胡愈之就出生在上虞县的丰惠镇,在那里度过了自己的童年时期。

丰惠镇那时的人口还不到一万,但是,这里经济发达,尤其是蚕丝业。每年到了初夏之交的时候,就会有大量的在上海经商的人来这里收购蚕茧。胡愈之的父母也是知识分子,在当地中,胡家颇有名望。胡愈之从小在这种书香门第的环境中渐渐爱上了读书,父母看到胡愈之一拿到书就爱不释手的样子,满心欢喜,所以还在胡愈之很小的时候,父母就开始教他认字读书。

1910年,胡愈之从县高等小学堂毕业。1911年年初,以县试第一名的成绩考入绍兴府中学堂,当时的学监是大名鼎鼎的鲁迅先生,他们之间很谈得来。后来胡愈之因病退学,在家休养。1912年病愈后转入杭州英语专修学校。那时的胡愈之受到鲁迅的影响,想学习西方的知识。鲁迅曾对他说:"国人力求进步,就该把视野变得宽广些,面向世界学习最先进的文化知识,来报效国家和民族。祖国的希望在青少年身上。"胡愈之一直牢牢记得这句话。

在英语学校学习了一年的时间,因为学校当时的经费不够,无法继续下去,胡愈之又被迫退学。在这期间,短短的一年时间学习英语的经历给胡愈之的英语打下了基础,后来很长的一段时间,胡愈之都在自学英语。

后来,胡愈之到横山拜蔡元培的同学薛朗轩为师,并与薛朗轩有了一段师生缘。在胡愈之后来的回忆录里,曾经提到了他在这段时间的生活,提到了他的老师薛朗轩。这位老师当时已经采取新颖的方法开始教学,重视启发诱导,学以致用,胡愈之在那时跟着老师学会了自主学习。在学习国文的同时,胡愈之没有忘记学习英语。在业余时间里,他背诵英语词汇、单词,不久就掌握了大量的词汇量。

1914年,胡愈之考入上海商务印书馆,当时他的身份是练习生。进入商务印书馆，胡愈之每天的工作时间是 8 小时。当时除了睡觉，他把工作之外的时间几乎全用在读书上了，商务印书馆作为一家出版社，馆内拥有大量的藏书，当年 17 的胡愈之就待在馆里孜孜不倦地阅读书籍。再后来，感觉到自身英语的匮乏，胡愈之报名参加了英语夜校的学习，每天在繁忙的工作结束后，胡愈之吃几口饭，就去夜校学习英语。当时他还自学了日语和世界语，并试着开始发表著译文章。

第二年，胡愈之应聘上了《东方杂志》的编辑职位。《东方杂志》当时是一个综合性的刊物，对编辑的要求很高，胡愈之正是在这段时间培养了编辑和校对的能力，在《东方杂志》上，胡愈之还发表了不少文章，像《成功要诀》、《光之应用及其历史》等文章颇受当时的读者欢迎。

1919 年，北京大学引发了五四学生爱国运动的风暴，这场风暴的中心很快转移到了胡愈之所在的地方——上海。这一伟大的爱国运动使胡愈之的精神受到了极大的鼓舞。他说："早在'五四'前，新文化运动已经兴起，《新青年》举起了民主与科学两面大旗，提倡白话文，向封建礼教与封建文化进行冲击，这对我确实起到了启蒙与思想解放的作用。"但那时的胡愈之还只是支持者，对他来说，最重要的还是工作和自己的学习。

然而，当时的《东方杂志》还是一家较为保守的杂志，当时的主编杜亚泉很明显的对白话文没有任何好感。胡愈之只能私底下看《新青年》，并开始学着用白话文写作。慢慢地。从《新青年》上，胡愈之了解了大量的世界新知识，他知道了俄国的十月革命，那时的他心里还是十分喜欢用白话文写作。

在五四运动的思潮下，《东方杂志》也开始用白话文写作，胡愈之在《东方杂志》上用白话文报告了俄国的十月革命，他开始积极宣传白话文。在举世闻名的"五卅惨案"发生后，国内爆发了五卅运动。胡愈之这时是《公理日报》的编辑之一，他详细的报告了这场运动的起因和发展的详细过程。

在这段时期，大量的学者参与到了宣传新文学的运动中，他们编译了大量的外国文学,当时有名的学者几乎全部参与在里面,比如鲁迅,刘半农等等。胡愈之也在这场运动中越发成熟了。

胡愈之与三联书店

1927年4月12日,以蒋介石为首的国民党新右派在上海发动反对共产党的政变,蒋介石大量地逮捕和枪杀共产党,轰轰烈烈的第一次国内革命战争就这样失败了。"四一二"政变传向中国,引起了当时的知识分子和爱国者的强烈谴责。

胡愈之在知道政变的第二天,就开始起草对公民党反动派当局的抗议信,并且邀请沈雁冰、郑振铎等人在上面签名,这篇抗议信在《商报》上发表了,引起轰动,人们争相传看。据说,蒋介石看到文章后十分愤怒,派特务去处理胡愈之,胡愈之被迫流亡国外,他到法国的巴黎大学国际法学院学习。在法国学习期间,胡愈之开始接触到法国的共产党员,他开始对共产党有了进一步的了解。

1931年初,胡愈之回到了上海,他写了一篇《莫斯科印象记》,成为社会主义的思想宣传家。那时他也接触了不少共产党员,充分表达了自己想加入中国共产党的愿望,以及他加入中国工人阶级先锋队的热切愿望。

三联书店的前身是生活书店、新知书店和读书生活出版社。而生活书店的前身是《生活》周刊社。《生活》周刊社是黄炎培创办的,当时的内容比较单一,还没有引起人们的注意。后来,黄炎培邀请邹韬奋主编,年轻的邹韬奋是位思想先进者,刚接手《生活》周刊社,邹韬奋就开始邀请一些有名的知识分子来写文章,后来他读到胡愈之的《莫斯科印象记》很是喜欢,于是在《生活》上发表了。后来经过朋友的介绍,邹韬奋向胡愈之约稿。两人见面,言谈甚欢。不久后,胡愈之写了一篇《一年来的国际》,详细介绍了周边国家,尤其是苏联的建设成就。

《生活》渐渐地成为当时销量最多最大的刊物,引起了人们的注意,也引起了国民党政府的注意,当时国民党政府要求《生活》改变立场,否则给予取缔。这时,胡愈之已经是《生活》的编辑之一,他们开会讨论如何才能避免国民党政府的纠缠,胡愈之建议创办生活书店,这样可以独自出书。

1932年,生活书店成立了。这是中国近代出版史上的一件重要事件,更成为后来三联书店的开端。1932年,胡愈之和邹韬奋参加了"中国民权保证同盟",但好景不长,民主保障同盟的总干事杨杏佛被当时国民党反动派暗杀了,邹韬奋也出现在国民党的暗杀名单上,为了保命,邹韬奋只好远走他国。生活书店和《生活》周刊社的责任都落在了胡愈之一个人的肩膀上。胡愈之不负所望,在国民党政府的高压下坚持办刊,刊物办得风生水起。

胡愈之为三联书店的成立可谓是立下了汗马功劳,就连邹韬奋也称赞他说:"我们的胡主席是对本店最有贡献的一位同事……他参加本店创办时的计划等于本店大宪章的社章,就是由他起草的。他对于本店的重大贡献不仅在于编审,实际上是包括了我们的整个事业。但是他总淡泊为怀、不自居功。他的计划力极为朋友所心折,所以有"诸葛亮"的称号……他的文章不仅被万人传诵,而且对出版营业无所不精。他的特性是视友如己、热血心肠。他是我们事业的同志、患难的挚友。"

1948年,3家书店合并成立三联书店,胡愈之写信祝贺三联书店的成立。

从1931年到1982年,这半个多世纪里,胡愈之一直与三联书店风雨同舟,即使后来胡愈之身在新加坡和南洋,还是关注着三联书店的发展。多年来,胡愈之以三联书店为阵地,为了民族和国家的需要,他时时刻刻坚守着。

首次翻译并出版《红星照耀中国》

胡愈之不仅坚持办《生活》周刊,最重要的是他还是当时中国第一位翻译并出版斯诺的《红星照耀中国》这本书。

斯诺于1928年漂洋过海来到中国。1936年,在宋庆龄的帮助下,斯诺前往延安——当时著名的红区采访。那段时间,他几乎见到了当时中国共产党的高级领导人,他见过毛泽东,并为毛泽东拍摄了很多经典的照片,他和毛泽东交谈甚欢。在《红星照耀中国》这本书中,他用大量的事实报告了中国共产党,在世界上引起轰动。

1937年底,胡愈之偶然在记者斯诺那里看到了这本《Red star over China》,胡愈之翻了几页,觉得这本书太吸引人了。于是胡愈之向斯诺借了这本书。回到宿舍,他一读完就迫不及待地把它介绍给他的朋友们。胡愈之说,"国民党封锁苏区、污蔑共产党,使大众不了解苏区、红军。现在国共合作抗日,如果这本书能在上海出版,可以让民众了解真正的共产党。"

当时最大的难题是出版问题,这种红色书籍在国民党的统治地区,哪怕是再开明的出版社社长也不敢在太岁头上动土,胡愈之说:"我们自己办个出版社不就行了。"大家商量了半天,觉得这个办法可行,于是,复社就在这种情况下建立起来了。

当时复社只有十几个人,为了节省时间,让这本书尽快面世,他们把书拆开,十几个人一同翻译,全书有30多万字,十几个人不到一个月全部翻译完。书翻译完,胡愈之才发现一个最大的问题:没有经费。没有经费就无法出版,胡愈之只好向复社的成员坦白了这个问题:复社成员每个人都捐了款,也不过凑了几百元钱,还差很多,于是胡愈之只好向读者发预约券。书的定价当时是打算定2.5元,如果有预约券的话,只要1元钱就可以买一本书。

由于胡愈之当时的名声很大,很多读者都愿意相信他,不久后,就凑足了经费。当时正处于抗战期间,很多报社和书馆都已经关门歇业,很多印刷工人失业。

胡愈之走了很多地方才找到一些熟练的印刷工。在当时那种艰难环境中,没有毅力是很难做好一件事情的。为了这本书,胡愈之几乎搭上了自己全部的身家。《红星照耀中国》这本书从翻译、印刷,再到出版全部工序,前后仅仅用了不到两个月的时间,而且在翻译版里,胡愈之还增加了大量英文版没有的照片。

为了防止国民党查收这本书,也为了这本书能够尽快传到国民党统治地区的国民之中,这本书当时名为《西行漫记》。1938年3月,这本书第一版很快就销售一空,这本书一版再版,在国内迅速地流传。等到国民党政府发现的时候,《西行漫记》已经发行几十万册,到处都有这本书的影子。

这本书在中国的影响太大了,不少青少年读到这本书,都想去当时的红区延安。很多人都不顾国民党的禁令,越过重重阻碍,到达延安参加革命,华君武就是他们当中的一个。这本书使国民开始了解到真实的共产党,而不是被国民党政府扭曲的共产党。一时间,中国内地到处都传播着共产党的消息。

老骥伏枥,志在千里

1948年8月19日,穷途末路的国民政府颁布《财政经济紧急处分令》,国统区的通货膨胀发展到无法控制的地步,1元钱法币的购买力只剩下战前的几万分之一,老百姓的生活苦不堪言。在国共两党处在最激烈的抗战时期,胡愈之在中国共产党的帮助下化作商人,沿着中共的秘密交通线,辗转历险,历经千辛万苦,终于来到了华北解放区。在周恩来的指导下,准备政协开始前的工作,当年已经50多岁的胡愈之又投入到了一片忙碌之中,为政协的顺利召开付出了大量的心血。

胡愈之长期从事新闻出版事业,他精于写作、善于策划,又有很好的知识素养和见解,是出版界难得一见的"全才"。新中国成立后,在周恩来总理的推荐下,人尽其才,任命胡愈之出任第一任国家出版总署署长。原上海三联书店名誉总经理和顾问吉少甫在《革命的启蒙师》一文中说:"从开国到1954年出版总署存在的这一历史阶段的中国出版界,胡愈之是"运筹帷幄的主帅"。胡愈之丰富的办刊和出版经验使得我国当时还处于低阶段的出版业迎来了生机勃勃的发展时期,那段时间,他为建立社会主义新型的出版机构和刊物作出了开放性的创造。

在积极筹建新型出版社的同时,胡愈之也在筹办一种新型的报刊,这个报刊名叫《新华日报》。1949年11月,胡愈之在《新华日报》创刊号上发表了题为《人民新历史的开端》的发刊词,并且确定了报刊的任务:"记录新中国人民的历史。"

《新华日报》成立后,逐渐引起社会各方的注意,也慢慢地,成长为中国报刊内不容忽略的新力量。《新华日报》影响深远,即使在今天,它也依然是国内报刊不容忽视的所在。

1986年1月16日,胡愈之在北京逝世,享年89岁。

泰山其颓,染木其坏,哲人其萎。胡愈之集多种身份于一身,博学多才,善于演讲。一生与报刊和出版结缘,在抗战中,为了国家和民族的需要,他数次身入险境,毕生躬身反审,堪称模范。

钱钟书

清华大学最年轻的教授之一

——思想是不出声的语言

姓　　名	钱钟书,字哲良,亦字默存
籍　　贯	江苏省无锡市
生卒时间	1910年11月21日~1998年12月19日
人物评价	对于钱钟书在文学、文化批评等领域的成就,推崇者甚至冠以"钱学"。

钱钟书先生一生都在读"杂书",一心痴迷文学。考入清华大学时,数学成绩很差,却名震清华。后来留学欧洲,抱有赤子之心提前回国。抗战期间,更是写出了蜚声世界的著作《围城》。鉴于钱钟书先生的学问成就,被人称为"钱学"。钱钟书先生乃一代文豪大师。

爱书的少年

江南自古以来就是山清水秀、人杰地灵,江南的风景更像是一幅幅美到极致的画面,而无锡无疑是江南最为神奇的地方。这里风光如画、钟灵毓秀,钱钟书就出生在这个辈有人才出的地方。当时的钱家是无锡有名的世家,书香门第,在当地的威望很高。

1910年,钱钟书出生后,由于伯父钱基成膝下无子,按照当时封建家族的传统规矩,钱钟书的父亲把他过继给了伯父。伯父深感无子的落寞,于是更是视钱钟书为掌上明珠,格外照顾,小心翼翼。钱钟书1岁的时候,按照旧时的风俗开始抓周。和《红楼梦》里的贾宝玉不同的是,贾宝玉抓的是脂粉,钱钟书抓的却是一本书。据说,抓周可以预测一个人的未来,伯父见钱钟书喜欢书,十分高兴,于是给他起名为"钟书"。

钱钟书在7岁之前已经看完了家中珍藏的《红楼梦》、《三国演义》等书,虽不甚解,但毕竟也算读过了,他还会看一些《济公传》、《说唐》之类的杂书,从这时起,书籍就已经成了钱钟书一生中不可缺少的东西。

1920年,钱钟书考上了东林小学,但钱钟书却不喜欢呆板地坐着听先生讲课,事实上,他对当时的国文课、数学课不感兴趣,唯一能使他静下心来的就是读小说。钱钟书读书很杂,不仅仅是当时能被人看得上眼的,就连街边那些没人读的《七侠五义》,他也读得津津有味。

1923年,钱钟书考入可桃坞中学,他的国文和英语都非常好,但别的科目实在不值得一提。后来在一次班级排名中,钱钟书的被排在倒数第十名,然后被老师请到讲台,站了半天,钱钟书心里很不是滋味,下面是同学们的笑声和鄙视的眼神,钱钟书的心在那一刻被激发了,"知耻而后勇",钱钟书决定发愤读书。

钱钟书的自学态度有了很大的转变,虽然还是以自己的兴趣为主,但他已懂得兼顾其他。对于中外文学,他抱有非常浓厚的兴趣,他专注自己空闲的时间,一本本地阅读。在长年累月中,钱钟书不知不觉阅读了大量的书籍,这也为他以后在文学上的创作打下了基础。

清华才子

据说,钱钟书还没有进入清华大学,他的名字已经在清华大学传开了,因为他是唯一一个数学只考了十五分,还被清华大学录取的人。数学不及格,按照清华大学的规定,当然是不能录取的,但钱钟书的英语和国文成绩实在是太突出了。所以清华大学还是破格录取了他,这也是清华建校以来的第一次。

由于钱钟书的英语和国文成绩非常突出,所以他一入清华就成了学校里的风云人物,都争着目睹这位特招生的风采。钱钟书在清华依然还是以前的作风,上课几乎不怎么听课,只是阅读小说,但每次考试,他的国文成绩总是第一名。

在清华时,钱钟书大部分时间都是耗在图书馆里,清华大学的藏书量让他惊喜不已,他甚至定下了"横扫清华图书馆"的宏伟愿望。

钱钟书的导师是中国比较学之父吴宓,吴宓是当时清华校园著名的教授之一,他曾经评价钱钟书:"当今文史方面的杰出人才,老一辈中当数陈寅恪先生,年轻一代中当数钱钟书,他们都是人中之龙,其余你我,不过尔尔。"

钱钟书居于当时的清华三杰之首并且受到教授们的一致赞扬,可知当时钱钟书在清华校园里的名声有多高了,但钱钟书不甚理会,只是爱好去图书馆读书。埋头读书的钱钟书也许不知道命运正在前面等着他。

经典之恋

1932年,杨绛考入清华大学,在西方语言文学系就读。杨绛也是无锡人,在无锡,杨家是赫赫有名的世家望族、书香门第。父亲杨荫杭是著名的律师,是当时最早从事反清活动的人之一,他曾赴美日两国留学,获得了硕士学位,思想开明、知识渊博。杨绛的姑母杨荫榆是北京女子师范大学的校长。

杨绛,美丽大方,家世显赫。据说杨绛刚进清华园,就有不少男生想追她当女友,这些男生被戏称为"七十二煞"。杨绛入清华园时,就已经听说了钱钟书的名字。这实在是因为钱钟书的名气太大了,随便问身边的每个同学,都知道钱钟书。所以,杨绛想一睹钱钟书的风采。

钱钟书听说老乡来找他,喜出望外。等他出去时才发现站在自己面前的是一个娇小玲珑的女生,她叫杨绛。两人一见如故,谈起无锡,谈起江南,谈起某条胡同,兴致大增,钱钟书遂觉得两人挺有缘。

他们相爱了,没有卿卿我我的浪漫,没有动人婉约的甜言蜜语,他们在一起只是言论彼此在文学的见解,在学业上互相帮助,文学成了他们心灵的桥梁。在家人的同意下,钱钟书和杨绛于1933年订婚,从此二人开始长达60年的相濡以沫、风雨同舟的道路。

留学欧洲

1933年,或许是担心父亲的身体,钱钟书来到了父亲任职的大学光华大学任教。在光华大学中,钱钟书父子二人常常被人拿来相比较,钱父教书一辈子,自然懂得如何教好学生,但钱钟书凭借其渊博的知识和犀利的口才,和父亲相比,竟不相上下。

钱钟书慢慢成为光华大学最受学生欢迎和喜欢的导师。

在光华大学教书一年后,钱钟书参加了教育部公费留学的考试。据说,当时很多人听说钱钟书也报名参加考试,吓得都不敢去报名了。钱钟书顺利地考取了头名,决定去欧洲留学。

那时,杨绛还在清华园里读书,出国留学就意味着二人要面临分离的局面,杨绛决定不等毕业,与钱钟书完成婚礼后一起出国,因为她想陪伴在钱钟书身边,照料他的衣食起居。

1935年,新婚不久的钱钟书夫妇随船出国,到英国牛津大学攻读英国文学。

牛津大学是英国最古老的一所学校,这里的文学气氛很浓,学术一流,曾经培养出很多学界人才和很多在政治上大有作为的人才。

在牛津大学,钱钟书还是完全凭兴趣读书,在牛津大学的图书馆里,钱钟书主要读哲学、心理学和文学等方面的书籍,同时还阅读了大量的西方小说。钱钟书的阅读速度很快,几乎每天可以读一本,虽是粗略浏览,却能记住所读的内容。杨绛曾经试着拿一本钱钟书读过的书考他,她念出其中的一小段,钱钟书就把后面的内容背了出来,杨绛目瞪口呆。

钱钟书能够踏实读书,多亏了杨绛对他的照顾,钱钟书是个充满乐趣和孩子气的人,不善于处理生活中的琐事,杨绛便在学习的同时照顾好家庭,让钱钟书没有后顾之忧。

1938年,钱钟书有了回国的打算。当时由于日军侵略中国,中国陷入了生死存亡的关头,很多留学生都先后回国,而钱钟书公费留学的经费在战争中随时可能切断。这时,清华大学来信,邀请他到清华大学教书、任教授,钱钟书夫妇决定提前回国。回国后的钱钟书被清华大学聘为教授,成为清华大学最年轻的教授之一。

蜚声世界的著作

1941年,太平洋战争爆发,不久后,上海成为沦陷区。钱钟书被困在沦陷区,出不去。这时的钱钟书已经没有了工作,而且身体也不太好,只得利用业余时间写些短篇小说挣点儿稿酬度日。杨绛这时也失去了工作,只得在一家中学代课,偶尔去当当家庭教师,生活过得很艰难,但钱钟书夫妇依然很乐观。

1944年,钱钟书对夫人杨绛说:"我想写一部长篇小说。"杨绛很高兴,她支持钱钟书。这样,钱钟书白天写,晚上杨绛回来阅读。《围城》里的环境大约都是取自钱钟书和杨绛在外游学时所经历的,所以杨绛看到书里的描写颇为称赞。对于《围城》里的人物,杨绛大概都能从现实中猜出是谁。可每一个人物都不是单一的,而是多个人的复合体。书中的主人翁方鸿渐就是取材于两个亲戚,用杨绛的话来说:"一个志大才疏、满腹牢骚;一个狂妄自大、爱自吹自唱。"

钱钟书在书中的描述上倾注了大量的心血,读者读来仿佛眼前出现了一个立体的围城世界,可以看到爱自吹自唱的方鸿渐、美丽风流的鲍小姐……

读《围城》,常常能感受到里面发生的事情似乎真的在现实中存在过,钱钟书对于细节描写也很细致,再加上方鸿渐的所作所为,他们感受着方鸿渐所经历的一切,以至于一些读者把方鸿渐当成了钱钟书。

1946年,《围城》这本书开始在《文艺复兴》杂志上连载,引起轰动,人们争相传看。一时间,酒楼茶馆到处都在谈论《围城》,书里面鲜明的人物特征更是引得人们争相模仿。

《围城》出版后一版再版,在知识分子之间广为流传。当时的中国正处于抗战后期,所有的文学作品都围绕"抗战"的主题,钱钟书的《围城》似乎有点不合时宜,文艺界对此书的看法普遍不高。

1990年,《围城》改编的电视剧在中央电视台播出后,引发了一股"围城热"。书里面的名言更是在市井街坊和知识分子中广为流传。"婚姻就像围城,外面的人想进去,里面的人想出来。"这段话更是风靡大江南北。

钱钟书的文学成就终于获得人民的认可。著名的书刊评论家夏志清先生认为"《围城》是中国近代史上最有趣、最用心经营的一本小说,可能是最伟大的一部。"鉴于钱钟书在文学上的成就,被成为"钱学"。

钱钟书一生中对夫人杨绛的感激和恩爱之情从未中断,钱钟书曾经说,"我见到杨绛之前,从来没有想到要结婚。我和杨绛结婚几十年,从来没有后悔娶她为妻,也从来没有想过要娶别的女人。"钱钟书的这段话,可以说是对一个女人一生最好的赞美。

1998年,钱钟书先生因病在北京逝世,享年88岁。

顾颉刚

中国当代最后一位大师

——中国民俗学,你当坐第一把交椅

姓　　名	顾颉刚
籍　　贯	江苏省苏州市
生卒时间	1893年5月8日~1980年12月25日
人物评价	历史学家、古典文学家、语言学家、现代古史辨学派的创始人,也是享誉世界的学术大师。

顾颉刚是中国当代最后一位大师,也是一个传奇。他创立古史辨学派,开一代学术风气,和胡适齐名,他的影响遍布世界。就如顾颉刚的私塾弟子黄现璠所言:"新中国成立前,日本学者,特别是名牌大学如东京、京都、帝大教授都看不起中国学者,惟对于顾颉刚先生和陈垣先生则推崇备至。"

恨不能读尽天下书

1893年5月8日,顾颉刚生于风景秀丽、文教圣地苏州。顾家是苏州当地的名门望族,祖上曾被康熙皇帝赐予"江南第一读书人家"的匾牌。所以虽然顾颉刚出生时,顾家已经没落,不及原先风光,但门风犹在,顾家仍是当地的书香门第之家。顾颉刚的出生给逐渐萧条的顾家带来了新的希望。顾家虽然萧条,却依然抱着有一天能够光宗耀祖的希望,现在这个希望落在了顾颉刚的身上。

顾颉刚很小的时候,父亲就开始教他识字。在顾颉刚入私塾的时候,已经认识几千字,平时阅读文章没有任何障碍。由于出生在读书世家,所以顾颉刚的祖父母甚至家仆都善于讲故事,顾颉刚从小就听说了大量的神话传说。

那时,顾颉刚的父亲常年在外奔波,以挽救家族渐渐衰落的趋势。在顾颉刚7岁时,他的母亲就去世了,他一直跟着祖母。祖母虽然很慈祥,但在对顾颉刚的教育上一点儿也不放松,甚至显得很苛刻。顾颉刚曾说:"我的一生,发生关系最密切的是我的祖母。简直可以说,我之所以为我,是我的祖母亲自塑铸的一个艺术品。"

1906年,顾颉刚考上了当地的一所公立高等小学,在学校期间,教书先生常常惊异于顾颉刚的奇思妙想,尤其是那些古代虚无缥缈的传说。顾颉刚在小学的时候,每天只顾着读自己借到的小说,上课也不认真听讲,但每次考试,顾颉刚的成绩都名列前茅,先生只好随他去了。

1908年,顾颉刚考上了苏州第一中学堂。那段时间,在祖父的影响下,顾颉刚的读书爱好开始向经史偏移。顾颉刚说:"我的祖父一生喜欢金石和小学,终日的工作只是钩模古铭、椎拓古器,或替人家书写篆录的屏联。我父和我叔则喜欢文学和史学。所以我幼时看见的书籍与接触的作品都是多方面的,使我在学问上也有多方面的认识。"在学校中,顾颉刚遇到了同样偏好中国传统文学的叶圣陶和王伯祥等人,他们经常在一起交流彼此对文学的见解,相互砥砺切磋,学问日益进步。1912年,顾颉刚远去上海求学,考入上海神州大学,在大学里更醉心于文学研究。顾颉刚常常说:"恨不能读尽天下书。"

1913年3月,顾颉刚考取北大预科。1916年,顾颉刚以"自修"的身份考入北大,专修哲学。

学海无涯苦作舟

进入北大哲学系，也许是顾颉刚一生中最正确的选择。在北京大学学习期间，他遇到了对他治学影响最大的人胡适。胡适于1917年从美国哥伦比亚研究院结业回国，被当时任北京大学的校长蔡元培聘为教授。胡适是文学革命的坚定支持者，他在《新青年》上发表了大量的文章，而顾颉刚正好是胡适的学生。

胡适在课堂上讲课往往不拘一格，胡适的讲课很新颖，当然也很有说服力，顾颉刚很喜欢听胡适讲课。顾颉刚曾经跟室友说："胡先生讲得的确不差，他有眼光、有胆量、有断制，的确是一个有能力的历史学家。他的议论处处符合于我的理性，都是我想说而不知道怎样说才好的。"顾颉刚渐渐成了胡适最得意的学子，对于胡适的讲课，顾颉刚往往能够举一反三。顾颉刚说，"在那数年中，胡先生发表的论文很多，在这些论文中，他时常给我以研究历史的方法，我都能深挚地了解而承受，并使我产生一种自觉心，知道最合我性情的学问乃是史学。我的《古史辨》的指导思想，从远的来说就是起源于郑、姚、崔3人的思想，从近的来说则是受了胡适、钱玄同两人的启发和帮助。"可见胡适对顾颉刚的影响。北大图书馆的藏书量很大，尤其有很多别的地方不能找到的史学书籍或资料。这种殷实的珍藏资料给顾颉刚的工作带来了很大的便利。

1920年暑假，27岁的顾颉刚从北大哲学系毕业，在胡适的邀请下留校任助教。顾颉刚打算编撰一本《中国书籍目录》，按照时间、类型把目录列出来，对北大的藏书量会带来很大的帮助。1921年，胡适任国学门的助教，同时任《国学季刊》的编委，并编点《辨伪丛刊》。这段时间，顾颉刚潜心阅读了大量的书籍，同时还写信向胡适和钱玄同等人讨教关于古史与伪书的问题。

在时间的积累中,顾颉刚渐渐在书海中找到了自己的爱好和方向。同年,他开始编撰"古史辨"的论文。在研究古史的同时,顾颉刚还迷上了《诗经》,他觉得《诗经》中的许多故事都有待考证。

找到方向之后,顾颉刚治学更加用心专一,每天在书籍上花十多个小时,还要留出时间准备自己的论文,不久,顾颉刚就变得精神委靡,还得了失眠症,这个症状在他以后治学的日子里一直折磨着他。1922年,在胡适的帮助下,顾颉刚在商务印书馆工作,着手编撰《中学本国史教科书》。编书时,顾颉刚打算把《诗经》、《尚书》中的故事传说都整理出来,在整理这些资料的时候,顾颉刚突然感觉到古史也许只是神话积累而成的,首次提出"古史是层累造成"的学说。但这种否定古史的做法在史学界引起了轩然大波。这种在世人看来叛逆甚至有点大逆不道的思想给当时的顾颉刚带来了很大的名声。可以说,一夜之间,史学界人人都知道顾颉刚的名字。

顾颉刚浑然不知外界对自己的讨论,他一心沉迷在《古史辨》的研究中,他搜集了大量的、翔实的资料打算编撰一本《古史辨》。那段时间,顾颉刚几乎是"住在图书馆里",他一边看资料,一边用手写下笔记,常常忙碌到翌日凌晨三四点钟。

在顾颉刚的努力下,1926年4月,《古史辨》第一册顺利出版,这本书就像一颗"原子弹"在史学界爆炸开来,这本书的出版为顾颉刚带来了极大的荣誉,他渐渐成为史学界里的核心人物,而且北京大学也破格把顾颉刚擢升为研究教授。《古史辨》的出版正式奠定了顾颉刚的古史辨派创始人的地位。那一刻,在人们看来,顾颉刚前途无量。

俯首甘为孺子牛

其实作为一名著名的教授,顾颉刚擅长的是学术研究而不是教学,因为顾颉刚从小就内向,口才并不是很好,甚至有些结巴,再加上一口浓重的苏州口音,顾颉刚侃侃而谈起来,在座的学生没有几个能真的听懂。顾颉刚也明白这点,所以上课时,他尽量减少讲话的时间,而是用书写板书的方式。常常一节课下来,就要写满好几次黑板,顾颉刚的后背也早已被汗水浸湿。某位名人曾经也说:"颉刚长于文而拙于口语,下笔千言,汩汩不休,对宾客则讷讷如不能吐一辞。闻其在讲台亦惟多写黑板。"虽然顾颉刚不善讲课,但他却是完全一片真心地对待学生,而且他在课堂上的见解也颇为奇特,慢慢地大家也就习惯了这种无声的教学方式,顾颉刚仍旧受到同学们的爱戴。

顾颉刚虽然是一位全国知名的教授,但他却平易近人,一点儿架子也没有。尤其是和他的学生之间。对待学生就像对待朋友,彼此平等。顾颉刚也不把自己的观点强加给学生,他发给学生很多资料,希望学生能提出自己的见解、自己的判断,这对培养学生自主研习的能力很重要。他提倡的是学术思想自由,那些剽窃他思想的学生在考试中往往得分最低;那些能够提出自己的观点和见解的学生,即使与顾颉刚的观点是截然相反的,顾颉刚也会给他们高分,鼓励他们继续自己的研究。

顾颉刚对学生的爱才惜才,为他带来了良好的口碑。在他的影响下,很多学生在后来都逐渐成为有名的学者和研究家。比如后来在学术界很有名气的王钟翰、童书业、杨向奎、杨宽等人都是他的学生。这些弟子后来又带出一批弟子,在20世纪的中国学术界颇为耀眼。这在教育史上是颇为壮观的一面。

《古史辨》共3册,共收入文章350篇,计325万字。

《古史辨》的出版奠定了顾颉刚的古史辨派创始人的地位,也给他带来了极大的荣誉,这些荣誉也给他的生活带来不便,社会活动的增多使他无法专心学术的研究。

1980年12月25日,顾颉刚逝世于北京,享年87岁。

范文澜

马克思主义史学家
——学习马克思主义要求神似,最要不得的是貌似

姓　　名	范文澜,字仲云,号芸台。
籍　　贯	浙江绍兴
生卒时间	1893年11月15日~1969年7月29日
人物评价	著名历史学家,编著了《中国通史简编》。

范文澜出生于清末,在父亲的意愿下学习古典文学,却意外遭到科举废除。他痴迷于历史研究,却在北大亲眼目睹了蔡元培大刀阔斧的改革。他本想做一个老学究,却走上了革命的道路。他编撰《中国通史简编》而名誉天下。

板凳要坐十年冷,文章不写一句空

1893年11月15日,范文澜出生于浙江绍兴。父亲范寿钟有30多亩地,全都租给农民去种,所以范文澜的家庭算是封建社会时期的地主家庭。除去地租收入,范文澜在外做官的叔父有时也会邮来生活费,范文澜小时候的日子算是地主家的少爷生活。范文澜的父亲范寿钟也是一个博学多才的人，但参加科举考试失利而逐渐心灰意冷，只好在家里教书、研究文章。科举的失利是范寿钟一生中最大的耻辱，所以范文澜的出生给他带来了新的希望，他把自己的"科举梦"完全压在了范文澜的身上，所以在范文澜刚学会走路的时候，范寿钟就开始教他识字。

范文澜5岁时，范寿钟把他送进了私塾。他入学所读的文章和其他学生不同，那时中国清政府经历过甲午战争，许多有识之士的眼光已经开始望着西方，浙江又位于沿海，很多新思想都在传播，有不少人已经开始让自己的孩子学西学，而范文澜除了读《四书》之外还读《诗品》，都是中国封建科举时期的经典书籍。范寿钟甚至亲自给儿子讲经学和"八股文"的写作，希望范文澜有一天能够金榜题名，圆父亲科举失利之梦。然而，想不到的是，1905年，清政府废了科举，改设学堂，范寿钟的科举梦成了无法实现的遗憾。

即使废除了科举，在私塾里，范文澜依然学习的是四书五经等经典的"八股文"文章。因为清政府虽然废除了科举，但毕竟清政府还没有灭亡，说不定什么时候又会恢复科举，在范寿钟的要求下，范文澜继续在私塾里学习了两年。

对清政府逐渐失望的范寿钟终于允许儿子接受新的教育。这一年，范文澜进了新式学堂——县立高等小学，由于他文章底子好，被允许插读，读三年级。摆脱各种经书的范文澜忽然觉得连空气都要清新许多。在这里，范文澜最感兴趣的是各种历史小说，各地的神话故事也很吸引他。

1909年，范文澜以插读生的身份考上了上海浦东中学堂第二年级。这个学校当时的校长是黄炎培，黄炎培是坚定的反清者，曾经因为反清而被迫流亡日本。黄炎培是个真正的教育学家，是个有真才实学的人，他曾经考取过秀才。当时正在流行"剪辫"的风潮，剪辫就是意味着对清政府的对立，校园内也在流行这个风潮，范文澜听说后，想到科举害苦了父亲的一生，没有任何犹豫就把辫子剪下了,黄炎培看到后很欣赏。

1913年,范文澜中学的学业结束了,叔父这时给他邮来了很多生活费,鼓励他报考当时最高的学府——北京大学。3个月后,范文澜考入了北京大学文预科,1914年考入了文学系。在1919年的新文化运动之前,北京大学所谓的文学系,学生的学习还是以古文为主,他师从当时著名的学者黄侃、陈汉章和刘师培,尤其是跟着黄侃学习《文心雕龙》。《文心雕龙》对范文澜的影响很大,在学者的影响下,范文澜学习的方向总是偏重于历史。当然,这也为他以后的成就打下了坚实的基础。

投身革命

正痴迷于历史的研究中的范文澜没有意识到一场改革的风暴正在慢慢地接近他所在的学校,接近他身边的人和他自己。这时距离范文澜大学毕业还有半年的时间。

1917年,蔡元培接受北洋政府总统黎元洪的邀请出任北京大学的校长。蔡元培到北京大学后就开始着手改革。不到10天,蔡元培就委任陈独秀为文科学长,更是大胆地启用文学新秀刘半农、周作人、李大钊等人,北京大学要焕然一新了,新文化迅速在北大校园内传播开来,受到同学们的欢迎,而黄侃、陈汉章等人的尊孔思想遭到了同学们的质疑。

在这种新旧文化交流相融的氛围中,范文澜没有想到冲突会如此厉害。他尊重的学者例如黄侃坚持着传统文学的立场,一边是校长蔡元培带领的新文学,范文澜一时左右为难,他不想与黄侃等人写文章抨击新文学,也不愿意帮助新文学抨击自己的导师,于是他干脆选择了中立。

在这种斗争中,范文澜的性格暴露无遗。他木讷,甚至有些孤僻,这对他以后的生涯产生了深远的影响。

当时，从北大毕业，范文澜职业生涯的第一步就是给校长蔡元培当私人秘书。在这段时间，范文澜亲眼目睹了蔡元培对北大进行了大刀阔斧的改革。蔡元培的8字方针"思想自由，兼容并包"范文澜还是清楚地记在心里的。改革后的北大摆脱了原本沉闷的现象，现在的北大校园内到处都是朝气蓬勃的新景象。

看着这前后不同的环境，范文澜心里别是一番滋味。蔡元培曾经多次出国留学，他的思想很新颖，这是接受传统教育的范文澜所不能想象的。蔡元培身为一校之长，各种各样的应酬是不可少的，应酬时自然还要说很多的场面话，这是一心专心治学的范文澜所不会的，所以在聚会上显得很木讷，虽然蔡元培笑着说没什么，但范文澜觉得这个工作实在不适合自己。受陈独秀等人的影响，蔡元培的公文都是用白话文写的，而范文澜却善于写文言文。看到自己和这位校长之间实在找不出共同处，范文澜不久便辞掉了这份工作。

1922年，范文澜应天津南开学校校长张伯苓之邀，到南开大学教授国文，他的职业生涯由此翻开新的一页。

南开大学初期为南开私立中学堂，1919年，张伯苓和严范孙建立了南开大学。这个时候的南开大学还是属于私立大学，经费主要来自于政府少许的补贴、学费，当然还会有一些私人的捐赠。但无论如何，经费是不够的，张伯苓只好本着"贵精不贵多，贵质不贵量"的原则来办学。当时的张伯苓清楚地认清了国内的情况，所以他选择教育救国。所以当时，他想方设法招收一些高素质的教授来教授学生。

在南开讲学期间，范文澜出版了自己的第一本著作《文心雕龙讲疏》，当时同为南开大学教授的梁启超为这本书做了序："征证详核，考据精审，于训话义理，皆多所发明，荟萃通人之说，而折衷之，使义无不明，句无不达。"出版后，得到人们极大的赞赏，人们认为《文心雕龙》注释史上划时代的巨著"。范文澜的名声传遍中国。

1925年,范文澜参加了"五卅运动",这次,范文澜第一次走出书斋面对世界,站在队伍里的那一刻,看着身边一个个似乎怒火中烧的国民,范文澜找到了人生的意义,那就是为民族独立、国家解放而奋斗。从此,范文澜告别了以往"两耳不闻窗外事,一心只读圣贤书"的做法,他开始积极地投奔在革命中。在张伯苓和梁启超的影响下,范文澜开始接触新文学,开始用白话文写作。

1926年,范文澜光荣地成了共产党当中的一员,在共产党的领导下,范文澜渐渐地把民族解放当做自己的责任,慢慢地成为一名坚定的革命者。

范文澜在课堂上和与人接触时也常常谈论国内外的革命形势或者国民政府,他甚至还偷偷会见了当时在国民党暗杀名单上的李大钊。天下没有不透风的墙,范文澜的所作所为引起了国民党反动派的注意。

1927年5月,国民党反动派的一支警队前往南开大学逮捕范文澜,在校长张伯苓和同学们的掩护下,范文澜被迫逃亡,离开北京。

毛泽东交代的任务

后来,范文澜辗转来到了革命的根据地延安,这时的他正处于学术思想成熟、创造力旺盛的时期。在延安,他被任命为当时马列学院的研究主任,他经常给战士讲解马列主义思想和历史故事,战士们很喜欢这个和蔼、平易近人的总是笑呵呵的范主任。在那段时间,范文澜见到了很多中央领导人并和他们交流马克思主义和中国历史。范文澜还见到了毛泽东,他向毛泽东讲述了中国历史中鲜为人知的故事。毛泽东听得津津有味,从这次谈话,毛泽东和范文澜便结下了深厚的友谊。

在范文澜到中央党校讲学不久,毛泽东就派人交代给范文澜一项任务。

原来，在上次谈话中，毛泽东发现范文澜在讲述故事的时候总是说明从哪本历史书或者哪国的通史上看到的，毛泽东总觉得少了点儿什么，他思索了一会儿，恍然大悟，原来缺少一部中国通史。毛泽东交代给范文澜的任务就是编一本中国通史的书，作为干部教育的读本。

范文澜当然明白这是一个机遇，一个能够名垂青史的机遇，这也是范文澜对自己学术的总结汇总。范文澜欣然接受任务，打算组织科室的人员集体编写。稿子交上来后，范文澜怎么看都不满意，很明显，这是很多人的风格，他决定自己从头写起。

那时能找到的图书资料很少，范文澜的著书工作进行得很慢。延安各方面的条件又很艰苦，当时范文澜的家人都住在窑洞里，为了节省灯油，灯光往往弄得很暗，这给范文澜的视力带来了极大的伤害，但出于对党和对历史的忠诚，范文澜无怨无悔地书写着。

毛泽东很关心著书的进度，他知道延安条件差，于是他多次派人给范文澜送衣物和食物；后来听战士说，范文澜住的窑洞晚上灯光很暗，毛泽东把自己的灯油倒了一半，让人给范文澜送过去，他还提出不少关于书写的方式，比如让范文澜采用夹述夹议的方式。当然，毛泽东也同样尊重范文澜的意见，并不对他的写法做硬性的规定。

1941年9月，《中国通史简编》顺利出版了。毛泽东看过后，称赞它是"我们党在延安做的又一件大事……我们共产党人对于自己国家几千年的历史有了发言权，也拿出科学的著作了。"当然，这还只是《中国通史简编》的上册，范文澜打算分3册来写，范文澜感到自己肩上的担子很重。"编一本属于中国的通史将会是我这一生最重要的成就。"范文澜雄心勃勃地说。

老当益壮谱青史

在此后的时间里,范文澜除了讲课外,最重要的事情便是全力撰写这本《中国通史简编》。第一册主要讲述北宋前的历史,中册讲述北宋到鸦片战争之前的历史,下册主要是讲述中国近代史。

编写的工作进行得很慢,因为白天范文澜还要去讲课,晚上的时候视力不是很好。陪着范文澜一起工作的助手也常常被范文澜的敬业精神所感动。"范老每次都工作到很晚,他的眼睛不是很好,工作时间长了便会疲劳,这时,他就会让我过去,然后范老口述,我写,过一段时间,范老觉得眼睛好很多了,就自己来写。一个晚上反反复复来回好几次,常常忙到三四点钟,我们担心范老的身体,就会借口说,'范老,我累了,咱们明天再接着写吧'。只有这样,范老才会休息。范老其实是个很善良的人,我们科室的人都很喜欢他。"范文澜当时的助手说。在范文澜的努力下,《中国通史简编》的中册在1942年顺利出版了。

1946年,《中国近代史》下册在范文澜的努力下出版了,这本书当时只写到义和团部分。1950年到1965年,范文澜对这部《中国通史简编》重新进行了修改,这是一份任务繁重的工作。

随着年龄的增加,范文澜抓紧了《中国近代史》的写作。他将自己原先书写的部分进行了大量的结构调整,制订了严苛的写作计划。但当时的范文澜已经有75岁高龄了,再加上长期体弱多病又不肯浪费时间住院(范文澜觉得住院是浪费时间的行为,可见其对时间的珍惜和对文学的虔诚),为了写作又要长时间工作,无法获得良好的休息。在坚持了一年多之后,这位可敬的史学大师因体力不支而倒在病床上,1969年7月29日溘然长逝。

吴宓

中国比较文学的开拓者
——于新旧文化取径独异,别成一派

姓　　名	吴宓,字雨僧、玉衡
籍　　贯	陕西泾阳
生卒时间	1894年8月20日~1978年1月17日
人物评价	文学评论家、国学大师、诗人、中国比较文学的拓荒者、学衡派代表人物、中国红学的开拓者之一。

吴宓年少就喜欢读书,在新文化思潮中,他坚持己见,成为学衡派代表人物。吴宓爱好红楼,但行为夸张,为了红楼,他拄手杖怒砸餐馆,他固执己见,成为红学开拓者之一。吴宓一心忠诚于文学,最终获得"中国比较文学之父"的称号。

撞周选字

关于吴宓名字的由来,有一段很有趣的说法。按照旧时陕西的乡俗,婴儿出生后,则选出一天,家里人把婴儿抱在大门外边,然后在街中等待过来的第一个人,如果第一个人过来了,就要把他请到家中好好款待,另外也让婴儿拜这个人为义父,并且一生都要礼数周到,善待义父,是名为'撞周'。据乡间传言,用这种方法可以预测孩子的未来。

那天,吴宓由家人抱出,原先风和日丽的天气忽然下起蒙蒙细雨来,街上杳无人迹,等了很久才看到一个化缘的和尚走了过来,于是,家人把和尚请到家中,请和尚吃了顿好饭,并给了不少香火钱,然后打发走了,不知道为什么,吴家并没有让吴宓拜这个和尚为义父,于是,吴家人就用雨僧做吴宓的字,后来吴宓在写作中也常常写作雨生。

吴宓的母亲去世得早。母亲去世后,吴宓被祖母抱养,祖母年纪已大,当时所有的琐事都是由吴宓的乳母刘妈操持的,刘妈是封建社会中成长起来的人,不识字,却懂不少道理,她在吴家待了大概有20多年,她勤劳能干、任劳任怨,笑起来一口牙齿白白的,再加上她容貌端秀,又善于替人思考着想,所以吴家上下的人都很喜欢她。吴宓是在刘妈的关心下一步步长大的,据说刘妈一生未嫁,只是全心全意照顾吴宓。

吴宓4岁的时候,祖母怜惜他没有自己的母亲,虽然刘妈照顾得很好,但终究不是吴家的人。于是,在吴宓4岁生日的时候,祖母把他过继给了叔父。这样,叔父成了吴宓的嗣父,刘妈也跟着过去照顾吴宓的嗣父,于是吴宓就有了两个父亲和两个母亲,即亲生父母和嗣父嗣母。

吴宓很小的时候就喜欢读书,自从识字后,每天都在书房读书,连吃饭的时间也常常错过,家人只好让佣人给他送过去。有一天,佣人给吴宓送了一个饼和一碟辣椒,吴宓当时读书正读在精彩处,他随手抓起饼,误蘸墨为辣子,他口中有声:"好吃,好吃,好吃。"听见佣人的笑声后,吴宓才意识到嘴里的异味,低头一看,自己不禁也笑了。他对佣人说:"我现在真正是胸有墨水。"佣人笑着去告诉吴宓的嗣父,从那以后吴家常常拿这件事当做笑谈。

三原宏道书院位于陕西西北,是陕西清朝时的四大书院之一,由三原人王恕之子王承裕创办。王恕为关学三原学派创始人,王承裕幼时跟随父亲学习，早就习得父亲关于三原学的精髓，父子二人皆是一代文学家，被人誉为关学翘楚。当时很多三秦名士皆出于三原宏道书院门下，在文学界上的名声很是响亮，到吴宓上学的时候，三原宏道书院早已成为西北学界之旗帜。

吴宓受关学的影响很深，他在三原宏道学院待了4年，在这段时间里，吴宓变得有自己的主见，他知道什么是自己需要的，而自己应该如何得到这种知识。三原宏道学院的藏书量很大，喜欢看书的吴宓常常在里面一待就是一天，学习刻苦，求知若渴。

苦海无涯勤作舟

1911年，吴宓考入北京清华大学留美预备班。当时吴宓考入这个留美预备班并不是为了能够留学美国，吴宓是抱着学习新知识的心态来的。吴宓在清华大学学习了5年，这5年他接触到了不少新学，却唯独对红学颇感兴趣，并加以研究。

1916年，吴宓从清华大学毕业。这时，吴宓的视野开始变宽，他想去国外看看走走，次年，年仅23岁的吴宓赴美国留学，选修西洋文学。到美国后，吴宓才发觉自己的英语有点蹩脚，只好先在弗吉尼亚州立大学英国文学系学习，并于当年获得文学学士学位。次年，吴宓考入了哈佛大学研究生院，师从白璧德教授，研习比较文学、英国文学和哲学。

吴宓在哈佛大学读书时就听说过陈寅恪的名字，陈寅恪当时在哈佛大学很有名气。在哈佛的第二年，同学俞大维做中间人，介绍吴宓与当时刚从欧洲游学回来的陈寅恪认识。当时吴宓25岁，陈寅恪29岁，都处于意气风发、指点江山的年轻时期。两个年轻人在学术上的见解颇有相同处，对英美国和欧洲的文化彼此也很谈得来，而且两人的性格也很合得来，很快就成为密切来往的朋友，虽然当时陈寅恪还只是一名普通的海外游学生，但吴宓在当天的日记中已经对他做了不俗的评价。他在日记中写道:"寅恪不但学问渊博,且深悉中西政治、社会之内幕……其历年在中国文学、鸣学及诗之一道,所启迪、指教宓者,更多不胜记也。"

两个年轻人在思想和学术的火花中越走越近,两个人更是谈到各自的婚姻观,吴宓那时正处在结婚的关头,他十分希望听听陈寅恪的看法,陈寅恪认为最幸福的爱情就是爱上陌生人,可以为他去死。虽然吴宓的想法不同,但他接受了陈寅恪的建议,与当时热恋的陈心一结婚。

比较文学之父

1921年吴宓学业结业回国,被国立东南大学聘为教授,专门讲授世界文学史等课程,在讲课的过程中,吴宓常将世界各地文化一起谈论,讨论彼此的不同之处和共同之处,并经过比较得到一个更好的结论,在比较中,学生对知识的理解更加深刻了,吴宓在课堂上用比较的方法讲学,开创了中国比较文学研究之先河。

次年,吴宓在东南大学创办《学衡》杂志,杂志以"论究学术、阐求真理、昌明国粹、融化新知。以中正之眼光行批评之职事"为宗旨,是一本以极其鲜明的态度反对新文化运动的刊物。他反对新文化运动,对新文化运动的口号"打倒孔家店"更是嗤之以鼻,他认为应该保护中华文化遗产。

1925年,吴宓接到当时的清华大学校长曹云祥的聘书,来到清华大学筹建国学研究院,吴宓向校长曹云祥建议让当时最负盛名的国学研究者来当研究院的导师,清华大学当时聘请了梁启超、王国维、陈寅恪、赵元任等4位学者为研究院导师,清华大学的大手笔引得当时文学界的注意。国学研究院建立后,短短几年的时间为国家培养了大量的人才。

1929年9月,年仅19岁的钱钟书考入清华大学外文系,当时钱钟书的数学成绩仅有十五分,因英语成绩满分而被吴宓破格录取,成为吴宓的得意门生。吴宓破格录取钱钟书的行为在当时的清华大学引起了轩然大波,文学界也是议论纷纷,人人都在等着看钱钟书进入清华后的成绩。钱钟书在清华学习期间,吴宓给予了他足够的关怀和文学上的指导,钱钟书的行文作风受吴宓的影响很深。

1930年,渴望知识的吴宓决定再去外国游学,这一次他先后游历了英国、法国,德国等许多国家,并且去了他很崇拜的文人雪莱、司各特的遗迹,然后回到哈佛大学,在哈佛大学比较文学系的课堂总结经验。次年结束欧洲游学,返回清华大学。他按照在哈佛大学比较文学系时学到的经验设立了方案,在他的努力下,清华大学外文系很快成为国内第一流科系。

红学研究

吴宓在《红楼梦》的研究上颇具功底,一本《红楼梦》看了反反复复几十遍,仍爱不释手。吴宓常常在校园和别的地方举行红学演讲,演讲所到之处无不是比肩继踵,就连讲台外面的走廊里也挤满了密密麻麻的人,听吴宓作红学演讲的人无不对吴宓赞赏有加,认为他真正读懂了《红楼梦》。甚至有人感叹:"那不是听报告,简直是看演出。"吴宓在演讲中采用语言的夸张方法,把林黛玉、薛宝钗、贾宝玉等人演得活灵活现、惟妙惟肖,仿佛就进入了《红楼梦》中。那时候,西南古城到处都在宣传吴宓与红学,曾经有人赞赏说:"郭沫若和吴宓的报告,倘能一字不误地记录下来,便是第一等绝妙好文。"

那时候,人们以听到吴宓为荣,当然,吴宓也不是逢人就会讲文学,也会因人而异,甚至干脆不演讲。至于该不该演讲,吴宓有自己的原则。

有一年,吴宓专程来到西安西北大学讲红学,一时间,西安城内人人奔走相告,盛况空前。有一天,陕西国民党"三青团"一帮政客邀请吴宓讲《红楼梦》,吴宓素来讨厌这样附庸风雅的人物,于是以身体不舒服为谢。谁知道在拒绝后,这帮政客又把他的父亲找来通融。吴宓被逼无奈,只好答应演讲。说是演讲,其实只是随便敷衍一通,潦草了事。吴父越听越不对:林黛玉怎么和贾宝玉在一起?贾宝玉怎么又和王熙凤谈情呢?吴父不解着望着吴宓,待"三青团"走后,吴父问他:"你怎么乱讲?"吴答:"彼等似庙中之神,泥塑木雕,对之若谈红楼,犹对牛马奉琴耳。"

1971年,吴宓病重,右眼失明,左眼白内障严重,几乎看不到眼前的任何事物,只好回陕西老家养病。吴宓的病情越来越严重,到1977年,生活几乎不能自理,由其胞妹吴须曼照顾他,使得他在晚年得到一些兄妹的照顾和温暖,1978年,吴宓病逝于老家,享年84岁。

在吴宓的一生中,始终保持着对文学研究的忠诚,这种忠诚给他带来了大量的收获,比如让他成为了国学大师、诗人、中国比较文学的拓荒者、中国红学的开拓者之一,虽然吴宓并不在乎这些荣誉,他在乎的只是自己在文学研究上的成就。但这些荣誉足以说明吴宓的一生是有价值的一生,他在文学上的成就将永远被人们铭记。

郭沫若

继鲁迅之后公认的文化领袖

——时间就是生命,时间就是速度,时间就是力量

姓　　名	郭沫若
籍　　贯	四川省乐山市观娥乡沙湾镇
生卒时间	1892 年 11 月 16 日~1978 年 6 月 12 日
人物评价	著名文学家、剧作家、诗人、历史学家、古文字学家、书法家、学者、社会活动家、中国新诗奠基人、是继鲁迅之后公认的文化领袖。

郭沫若年少求学却屡被开除;在海外游学时学写新诗,名动中国;回国后,以笔为戎,屡遭暗杀;新中国成立后,投身于国际间的和平。郭沫若的诗气势磅礴,读来荡气回肠。郭沫若为人正直,一身正气、刚正不阿。郭沫若是继鲁迅之后革命文化界公认的领袖。

少年求学却屡被开除

那是深秋时节,正是接近光线最强烈的时候,沙湾镇的郭家却进入了一片紧张之中,那天是郭家夫人的临盆日。在那昏暗的房间里,产婆正在紧张

着,在母腹中躁动许久的小生命在一声清脆的哭声中来到了这个世界。这个刚出生的男孩有着略呈三角形的面孔,饱满的额头下闪着一对有灵气的大眼睛。产婆大声地喊:"恭喜少爷、夫人,是个男孩。"

产婆把孩子抱出去,守在屋外同样紧张的男子将孩子抱了过来,仔细端详自己的孩子,遮盖不住眉头间的喜悦,郭家人沉浸在一片喜悦的气氛中。

这是光绪十八年九月二十日发生在四川省乐山市观娥乡沙湾镇的情景。这个刚出生的婴儿名字叫做郭开贞,是郭沫若小时候的名字。

郭沫若的先祖郭福安为郭子仪之后裔,郭沫若的曾祖父郭贤惠和郭家族人从宁化县采集大量的野生苎麻,并跟随当时走南闯北的马帮来到四川,在四川进行苎麻交易,苎麻在四川很受当地人的欢迎,郭贤惠的生意做得很成功,后来又相继开设了13座驿站。郭沫若的父亲郭朝沛经营商业,母亲杜邀贞出身州官门第,是个官宦人家的子女,由于郭沫若的外祖父在任职期间,有一起叛乱占据了贵州黄平,郭沫若外祖父一家都被包围,所以外祖父决定自杀报国,杜邀贞得到奶妈的帮助,成功地逃离,后来15岁时嫁到郭家。

郭家对郭沫若的出生给予了足够的重视。郭家是商贾大家,在当时很有名气。郭沫若还是很小的时候,就对他进行启蒙教育。少年时期,在郭沫若还没进学校的时候,郭家就请私塾先生对他进行了启蒙教育,先生夸他:"骨骼清奇、天庭饱满、聪明伶俐,大有前途。"郭家闻言,心花怒放。

几年后,郭沫若就读于乐山县高等小学,学习成绩优秀,遭受同学忌妒,因为受不了老师在课堂上的专制行为,郭沫若开始反对教师专制,惹得老师不快,老师告诉了学校,学校教育了郭沫若,郭沫若认为自己没有错,学校只好开除了他。

1907年,郭沫若考入乐山中学堂,学校期间,郭沫若迷上了林琴南的"林译小说"。林琴南是中国近代第一个著名的小说翻译家,在中国新文化启蒙时期把西方小说翻译成中文,引进中国,林琴南所翻译的小说被人们称为

"林译小说",林琴南是一代新风的先驱者,郭沫若受其影响较深,对他后来的新文学有很大的作用。

1909年,学校发生了一起严重的殴打学生事件,打人者是当地有名的世家子弟,家里的权势很大,被殴打的学生的父母只不过是普通的老百姓,这起打架事件在学校传播得很快,学校和当地政府却明显地包庇世家子弟,迟迟不肯拿出处理结果。这个行为激起了同学们的愤怒,他们纷纷罢课,郭沫若更是怒火中烧,他严厉地谴责了校方和政府的做法,他言辞凌厉,惹得校方不满,校方遂开除了郭沫若。

1914年,在兄长的帮助下,郭沫若决定去日本留学。

海外写诗震动中国

1914年,初到日本的郭沫若选择了学习医术,后来考入东京第一高等学校预科,弃医从文。后来又转入冈山第六高等学校,在学校期间,郭沫若接触到了泰戈尔、屠格涅夫、歌德、海涅等人的作品,开始喜欢上了诗词的创作,同年,他开始阅读斯宾诺莎的作品,尤其受斯宾诺莎的那句关于死亡的名言"自由人最少想到死,所以他的智慧不是关于死的默念,而是关于生的沉思。"郭沫若更是深有同感。

初到日本,人生地不熟,还要忍受日本人的歧视和嘲讽以及对国内现状的担忧和自己悲剧的婚姻,郭沫若常常感到难以忍受,那时的他陷入了一片消极郁闷中,再加上学业的不顺,郭沫若曾经郁闷得想要自杀,精神几乎崩溃。当时,同样来日本留学的好友因得了肺病而逝世,郭沫若正是在这近乎绝望的时刻遇到了当时正在做护士的佐藤富子,正是与这名护士的相遇、相知到相恋解救了当时的郭沫若。

佐藤富子是宫城县人,她的祖父是北海道大学的创始人,父亲也是北海道大学的工程师。富子于1914年中学毕业后，因反对家人对婚姻的包办，离家出走，到东京京桥区圣路加医院当护士，并希望把自己的一生献给慈善事业。

在与郭沫若相识不久后，富子就喜欢上了这个才华横溢却忧郁的男子，为了能和郭沫若在一起，富子同父亲闹翻了，后来郭沫若为她取了个中国名字"郭安娜"。

1917年，富子为郭沫若生了一个小男孩，取名和夫，家庭生活充满了生机，但也陷入了经济危机中。那时的郭沫若不过是一个穷学生，从家里邮寄的生活费也寥寥无几，经济十分困难，但郭沫若和富子的感情是建立在精神的基础上，虽然生活艰辛，但他们生活得依旧十分快乐。

郭沫若与富子的爱情给郭沫若带来了诗歌的灵感和创作激情，1919年，中国爆发了"五四运动"，为了响应"五四运动"，郭沫若写出了一首新诗《牧羊哀话》，发表在上海的《时事新报》上，震动了中国文坛。

郭沫若创作新诗的欲望蓬勃而发，在与富子相处的那段时间，郭沫若的第一本诗集《女神》应运而生，《女神》中，郭沫若大胆地采用了新的表述方法，开创了新的诗风，《女神》奠定了郭沫若在中国文坛上的地位。

返回祖国，以笔为戎

1923年，郭沫若放弃了在日本谋取的高薪职业，毅然回国，他觉得"与其在异邦求生，终不如在故国比较安全一点"，于是他决定回国创一番事业。1924年，郭沫若回到了上海，他在中国的名气很大，到处都有人在读他的诗作《女神》，回到上海，郭沫若伸展手臂深呼吸，他觉得还是祖国的空气更清新。

后来，郭沫若被聘为大夏大学讲师，有了固定的收入，郭沫若的经济情况开始好转,他把自己的收入大部分全都邮递给当时在日本的富子和孩子。回到祖国,郭沫若开始了解到国内的基本情况。

1926年,经人推荐,郭沫若被聘为广东大学的教员。广州当时是新革命的根据地,很多新思想都在这里传播。那时正值国内北伐战争时期,在学校教书的郭沫若常常感到教学难以施展其抱负,遂毅然投笔为戎,离开广州到南昌,参加了北伐军,并随军北上。

在行军的旅途中,郭沫若认识了周恩来、李一氓,后来在二人介绍下,郭沫若加入了中国共产党。大革命失败的时候,郭沫若曾写了一篇谴责蒋介石的文章《请看今日之蒋介石》,文章中历数蒋介石在大革命时期的所作所为。文章刊发后,蒋介石随即封了报刊,又下令通缉郭沫若。1928年2月24日,上海码头,一个戴着金边眼镜的中年男子站在轮船上回头望了望即将离开的上海,看到码头拥挤的人群,中国虽大,却始终没有他的容身之地。当时登上日本游船的"吴城教授"其实并不是吴城本人,而是受国民党通缉的郭沫若,当时国民党对郭沫若的通缉很紧,同时出赏3万元赏予有郭沫若消息的人,郭沫若只能被迫离国,重回日本。

然而,在日本的郭沫若同样受到了日本警方的长期监视,在日本,郭沫若同样不自由。无奈,郭沫若只好投身于学术研究,在日本宪警监视的那段时间,郭沫若出版了《甲骨文研究》、《殷商青铜器铭文研究》等著作,郭沫若成为了新文学时期的考古学家、历史学家,他研究的这些历史文化震惊中外。

亡命日本的生活又陷入了拮据中,虽然郭沫若有很多诗作和著作出版,但他并没有拿到很多稿酬,生活清淡,平时就被拘在自己的小院子里,连上街都要和宪警有一番争论,看着丈夫在文学上的成就,富子对生活的平淡清苦早就习以为常。那段时间,郭沫若所取得的历史成就是巨大的,郭沫若被学术界誉为中国马克思主义历史学的奠基者。

1937年7月7日,日本借口一名士兵失踪,挑起了"卢沟桥事变",日本侵华战争全面爆发。在日本的郭沫若受到宪警更为严密的监视，郭沫若决定回国，他想回国参加战争，想站在中国的土地上流尽最后一滴血，而不是在这种形同监狱的日本生活。

回到祖国后，郭沫若立即投身于抗战中，在上海主办《救亡日报》，并组织文化宣传队在部队第一线慰劳为抗日而努力的士兵，文化宣传队给士兵带来了很大的乐趣。同时在周恩来的指导下从事抗战文化工作。

1938年，郭沫若决定和于立群结婚。于立群的祖父于式枚是清朝同治年间的"榜眼"。郭沫若和于立群相遇时，于立群已经是上海有名的明星。第一次见面，于立群给郭沫若留下了深刻美好的印象：两条小辫子，一身蓝布衫，面孔被阳光晒得半黑，言谈举止稳重端庄，绝无一般女明星的轻浮与浅薄。两人在交往后，遂觉得情投意合，1939年，周恩来主持了郭沫若和于立群的婚礼。

婚后的二人立即投入了抗战之中，郭沫若坚持自己的学术研究，并取得大量的成果。在这段时间，郭沫若的作品遍地开花。历史剧《屈原》、《虎符》、《高渐离》、《孔雀胆》；译歌德的著作《赫曼与窦绿苔》、《浮士德》、《青铜时代》、《十批判书》等都是这段时间出版的。

1945年，抗日战争结束后，中国国民党反动派发动了内战，郭沫若草拟《文化界时局进言》，呼吁建立民主政治，支持中国国内和平，拒绝内战，国民党反动派见到文章后，随即解散了文化工作委员会。

新中国成立后坚持文学创作

1949年新中国成立后，郭沫若被任为政务院副总理、文化教育委员会主任、中国科学院院长。新中国成立后，郭沫若除了文学上的创作，在国际间为国际和平的走动更加频繁，在国际活动中随时可以看见郭沫若滔滔不绝的演讲。

1950年8月,郭沫若率中国代表团访问朝鲜;11月出席在华沙召开的第二届世界保卫和平大会;次年,出席在柏林召开的世界和平理事会会议;11月出席在维也纳召开的世界和平理事会会议;12月获加强国际和平斯大林国际奖。

1959年,郭沫若开始创作历史大剧《蔡文姬》和《武则天》。对于这两本历史大剧,郭沫若倾注了大量的心血,更是把自己对祖国深厚的感情融化在剧作中。

1978年春,郭沫若病情恶化,同年6月12日于北京逝世。

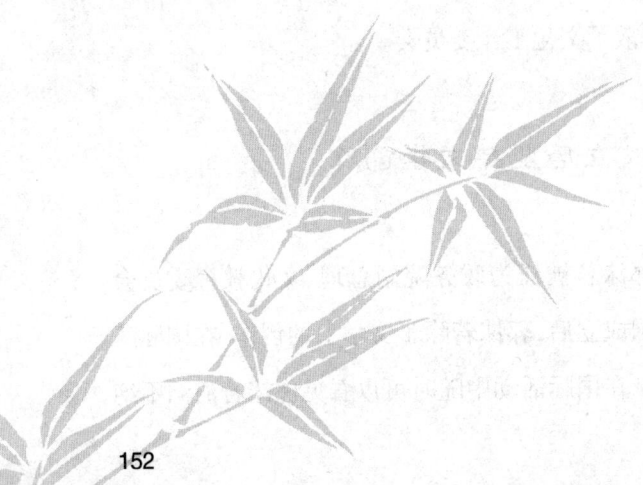

林语堂

用英文书写扬名海外的中国作家

——一个人彻悟的程度恰等于他所受痛苦的深度

姓　　名	林语堂
籍　　贯	福建省漳州市平和县坂仔镇
生卒时间	1895年10月10日~1976年3月26日
人物评价	中国当代著名学者、文学家、语言学家,第一位以英文书写扬名海外的中国作家,数度获得诺贝尔文学奖的提名。

　　林语堂博学多才,却独辟蹊径,坚持用英文创作;林语堂一生风流多情,却最终只守在一人身边,他漂洋过海,却始终挂念家园。林语堂以英文书写而名扬海外,他把"humor"译为"幽默",至今一直沿用。

少年求学经历

　　林语堂生于公元1895年,林语堂出生的时候,中国正处于甲午战争失败的时期,清政府签订了卖国的《马关条约》,那时的中国正在滑向殖民地与半殖民地的深渊。然后,光绪帝想改革维新,发展国家经济、增强军事实力,但不幸的是,维新变法只不过维持了区区百日,便遭到清政府的镇压,戊戌六君子中有的被砍头,有的流亡海外,中国的形式很不乐观。

林语堂的父亲是个牧师,是个开朗的见过世面的乐观派,而且林父讲话幽默诙谐,常常能逗人发笑。林语堂受他的影响很深,他在后来的《我的童年》中说:"童年之早期对我影响最大的,一是山景,二是家父,那位使人无法忍受的理想家,三是严格的基督教家庭。"

外面世界的风云变化似乎并没有影响到偏安一隅的县坂仔村。坂仔村四周皆是山,这里是青山环绕的肥沃盆地。

林语堂在这样的地方无忧无虑地生活了10年。那时林语堂的二姐对他很好,常常带他去山外的世界看看,在学校中,林语堂二姐的学习成绩一直名列前茅,她甚至和林语堂约定一起去大学读书。林语堂的父亲也常常教他们诗歌、古文,还有些普普通通的对子。

然而那时对于女子,人们还没有给予太多的重视,他们觉得"女子无才便是德",女子学得再好,还得嫁作他人妻。一旦这些女子到了年龄,父母一般会早早地找个婆家把她们嫁出去。林语堂的二姐便遇到了这个问题。

最后,林语堂的二姐只好应允了婚事,但林语堂却发现二姐流了整整一夜眼泪。二姐对林语堂说:"语堂,你要去上大学了,不要糟蹋了这个好机会。要做个好人,做个有用的人,做个有名气的人。这是姐姐对你的愿望。"

"我上大学,一部分是我父亲的热望。我又因深知二姐的愿望,我深深感到她那几句话简单而充满了力量。这件事使我心神不安,觉得我好像犯了罪。她那几句话在我心里有极重的压力,好像重重地烙在我的心上,所以我有一种感觉,仿佛我是在替她上大学。第二年我回到故乡时,二姐却因横痃性瘟疫亡故,已经有8个月的身孕。这件事给我的印象太深,永远不能忘记。"林语堂在自己的书中回忆说。

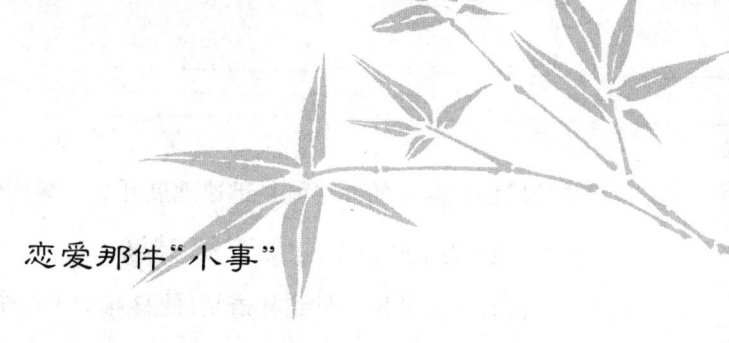

恋爱那件"小事"

1912年林语堂考进了上海圣约翰大学,当时的圣约翰大学是洋务派兴办的,当时,圣约翰所有科目里就英语最好,而且师资力量也很雄厚,用的教材也是洋务派专门从西方买来的,林语堂的英语基础就是在那时候奠定的。也许当时正在埋头英语学习中的林语堂不知道,爱神丘比特盯上了他。

1912年,林语堂正处于意气风发的时候,他恋爱了,他喜欢的女子叫陈锦端。

陈锦端出身名门,父亲陈天恩是福建泉州人,是位很有名气的医生。当时陈锦端在离圣约翰大学很近的地方学美术。

林语堂第一次见到陈锦端,就觉得被电到了,整个人都呆了。林语堂只见一眼,便爱上了这个喜欢笑嘻嘻甚至有点孩子气的女子。那时,陈锦端就成了林语堂的女神。陈锦端对林语堂的好感则来自于对林语堂的博学多才的惊讶,尤其是在和林语堂的交往中,陈锦端常常被林语堂突然冒出的幽默的言语逗得发笑到肚子疼。

很快地,这两个年轻人便迅速地坠落在爱河里,那个年代的年轻人往往会把爱情看得很简单,对于婚姻,俗话说"门当户对",那时的他们还不明白这些,只是陶醉在彼此的爱情里不能自拔。直到一天,陈天恩听到女儿正在和一个穷小子谈恋爱,他火冒三丈,他找到林语堂,并对林语堂说,爱女已经定了亲,林语堂呆住了,眼泪从眼眶里慢慢地滑了下来。

身为过来人和医生的陈天恩知道恋爱对一个人一生的重要性,自己这样做给这个看起来清瘦的小伙子造成了多大的伤害,陈天恩只能感叹只怪两人的家庭差距太大了,门不当、户不对。

后来,陈天恩把自己朋友的女儿廖翠凤介绍给林语堂,陈天恩明白失去感情后摆脱痛苦的办法就是迅速地展开另一场恋爱。林语堂明白陈天恩的苦心，他只好装作开心，接受了这个建议。

谁知道廖翠凤一见到林语堂，便喜欢上了这个清瘦的被人称作才子的男人，再加上陈天恩的积极撮合，林语堂只好同意与廖翠凤谈恋爱。林语堂的父母很喜欢这个女孩子，便开始商量订婚的日子。

1915年，心灰意冷的林语堂与兴高彩烈的廖翠凤订婚后回到圣约翰大学继续学业。而这时，林语堂听说陈锦端拒绝了订婚，孑然一身远渡重洋，到美国学习去了。出国对那时的林语堂来说只是一个遥远的梦想，他只好天天抱着一本牛津英语，天天背单词，他希望自己有一天能到国外看看陈锦端。

烧掉结婚证

廖翠凤是当时陈锦端的父亲陈天恩介绍给林语堂的，廖翠凤的父亲是个钱庄的老板，家庭富有，他对女儿嫁给一个穷小子百思不得其解，他问女儿能否改变一下主意，觉得女儿太冲动了，林语堂还没什么钱。但廖翠凤就是喜欢上了文质彬彬的林语堂。廖翠凤说："再穷我也嫁。"

1919年，出国之前，林家人催林语堂结婚，因为林语堂的生活处理能力实在令人担忧。在结婚的那天，林语堂作出了一个令人惊动的举动：林语堂在征得廖翠凤的同意后，当着宾客的面，把结婚证书给烧了。林语堂说："离婚的时候必须有结婚证书，我们现在把证书烧掉了就代表我们执子之手，与子偕老。"婚后不久，林语堂夫妇就踏上了驶往美国的客轮。林语堂赴美哈佛大学学习文学，主修文学，廖翠凤就安心地整理家务，照顾好林语堂的生活。在哈佛读了一年，林语堂的助学金却被停了，他的生活起了波澜，林语堂只好前往法国。

在与廖翠凤的朝夕相处中,林语堂对这个凡事不抱怨的妻子开始产生了一种朦胧的情绪,林语堂知道自己爱上了这个女子。而在实际生活中,林语堂也摸索到了与廖翠凤的相处之道。比如廖翠凤不喜欢别人说她胖,然而却很喜欢有人赞美她挺拔的鼻子,每次廖翠凤不开心的时候,林语堂就会偷偷地捏廖翠凤的鼻子,然后笑过之后,廖翠凤的心情就会开朗起来。

林语堂说:"怎样做个好丈夫?就是要爱屋及乌,就是太太在喜欢的时候,你跟着她喜欢,可是太太生气的时候,你不要跟她生气。"

在以后的生活中遇到经济上的苦难,廖翠凤都会把自己的嫁妆拿去当了,她默默支持着林语堂的工作,尽管林语堂最终没有和自己最喜欢的人在一起,但在和廖翠凤的交往中,他也尽到了一个丈夫的责任。

两个人的感情在彼此的坚持中得到了升华。

最后的日子

1976年,香港,林府。

那段时间,林语堂的病情越来越重,每周都要做两次化疗。而化疗的副作用,就是他那满头乌黑漆亮的头发开始往下掉。由于化疗带来的疼痛,林语堂吃不下饭,整个人越发清瘦了。

廖翠凤陪着他,他忽然觉得自己亏欠这个女子太多。他回想自己的一生,不可否认,即使是现在,他最想见到的还是泉州女子陈锦端,那个和他热恋却最终远走他国的女子,是林语堂心里一块不能愈合的伤疤。

1976年3月26日,林语堂病逝于香港,享年82岁。

陈寅恪

清华百年四大哲人之一

——独立之精神,自由之思想

姓　　名	陈寅恪
籍　　贯	湖南长沙
生卒时间	1890年7月3日~1969年10月7日
人物评价	历史学家、古典文学家、语言学家。

陈寅恪是清华百年历史上的四大哲人之一,一生大起大落,为了民族和国家,几次死里逃生。纵使逃离中眼睛受伤,但他仍不忘报国之志。陈寅恪的一生或许是个悲剧,他的成就却足以让世人铭记。他是与王国维、梁启超、赵元任齐名的四大国学大师。

清华三巨头

陈寅恪是著名诗人陈宝箴的孙子,于光绪十六年7月3日出生在湖南长沙。

陈寅恪的父亲陈三立是当时名动天下的"清末四公子"之一,后在朝为官。陈寅恪出生的时候正是祖父陈宝箴为官正在步步高升之时,当时陈宝箴出任湖南巡抚,考取功名不久的陈三立随父来到了湖南。

陈宝箴和陈三立都是科举出身,当时的陈家属于书香门第中的佼佼者,陈三立和父亲陈宝箴对国学和一些历史都颇为精通。生在这样的书香门第中,不爱上读书简直是件很奇怪的事情。陈寅恪和他的兄弟们从小就受到家庭环境的熏陶,很爱读书,也很爱写诗,由于家庭的宽容,所以陈寅恪还在很小的时候就能娴熟地背出四书五经,而且还阅读了大量的杂书,这些杂书为陈寅恪以后的文学成就打下了坚实的基础,也为他的悲剧埋下了伏笔。

陈寅恪从小就在南京的私塾读书,学习认真,一捧书,往往不读完誓不罢休,在私塾时,先生惊讶于他与众不同的见解,颇感此子非笼中之物也。1902年,陈寅恪随兄陈衡恪不远万里东渡日本,入日本巢鸭弘文学院学习日文。在日本学习期间,陈寅恪一样爱读书,空暇时间几乎全都待在图书馆里。1905年,发生了一次意外,陈寅恪不幸染上脚疾,被迫返国,在家休养,病好后就读于上海复旦大学。

1910年到1925年间,陈寅恪或自费、或官费,曾经多次出国留学,先后到德国、法国、美国等国家学习,1921年,陈寅恪又重返德国柏林大学,专修东反古文字学,留学多年,陈寅恪具备好几个国家的语言能力,这对他阅读原著书籍提供了很大的帮助。在国内时,陈寅恪刻苦认真、博学多才,尤其是关于国文的书籍,他更是细细地读过。在外游学多年,又大量吸取了西方文学知识,融会贯通,故陈寅恪精通中西文化,见解颇与常人不同,在国内颇有名气。

在国外留学期间,陈寅恪曾经遇到了吴宓,两人一见如故,彼此成为朋友。二人常常把酒言欢、畅谈文学、国学,吴宓又是爱惜古典文学的人,二人在国文上的见解甚为一致。吴宓认为陈寅恪是"全国最博学之人"。1925年,陈寅恪接到了吴宓的来信,邀请他任清华国学研究院的导师,陈寅恪欣然前往。

1925年,清华学校已经改制为大学,吴宓在清华大学校长曹云祥的授意下设立国学研究院,吴宓聘任当时国内最有名望的学者王国维、陈寅恪、梁启超、赵元任4人为导师,清华大学国文研究院声名大噪,而陈寅恪4人被人称为清华四大国学大师。

当时,陈寅恪在清华园很受重视,梁启超先生也很尊重他,他们都向曹云祥校长举荐陈寅恪。

1926年6月,他只有36岁,就与梁启超、王国维一同应聘为研究院的导师,并称"清华三巨头",自此,清华园里常常能看到陈寅恪风度翩翩的身影。

当年诗幅偶然悬,因结同心悟宿缘

1927年,事业上得意的陈寅恪过得并不快乐,这一年他已经37岁,仍孑然一身。家父来信催他结婚,说是在老家给他找了个媳妇,希望他能回家完婚,并说族中像他这样的人的孩子已经会走路了,陈寅恪心慌了。

陈寅恪自小身体羸弱多病,生活自理能力又不是很好,所以他一直怕连累他人,迟迟不肯结婚,这次从国外回来才得知母亲已经去世,现在父亲又逼着结婚,而且在信中说:"尔若不娶,吾即代尔聘定。"陈寅恪深知父亲脾气倔强,说一不二,他只好写信让父亲给他一点儿时间。

在哈佛时,他和吴宓夜谈,曾经提起过这件事。他对吴宓说过:"娶妻仅生涯中之一事,小之又小者耳,轻描淡写得便了之可也,不志于学志之大,而竟惟求得美妻,是谓愚缪。"所以那时的他并未把婚姻看得很重,也不在乎女子的容貌,而现在是必须得作出决定了。

后来,同在清华教书的同事赵元任的夫人给陈寅恪介绍了一个女子,说是同事间曾经私语,有人见一个女教师悬挂一诗幅,末署"南注生"。给陈寅恪介绍的就是这个女教师。陈寅恪听后说:"这个女子想必是灌阳唐公景崧的孙女。"

后来，陈寅恪亲自拜访，二人一见钟情。

唐筼，又名晓莹，1898年出生在广西灌阳，其祖父唐景崧是同治四年的进士，为人正直，做官清廉，深得百姓爱戴，后任台湾巡抚，在中法战争中屡建功勋，是位有名的爱国将领。陈寅恪从小就听说过他的故事，敬佩有加。唐筼自小读书，毕业后在北京女高师教书。

1928年，陈寅恪和唐筼在上海完婚。唐筼辞去了教书的工作，一心相夫教子。在对陈寅恪的博学多才感到钦佩的同时，人们也对结婚后就守在陈寅恪身边的唐筼感到深深的敬意。陈寅恪婚后的生活更多的是苦难和困难。唐筼患有心膜炎，一直疾病缠身，她用羸弱的躯体支撑着整个家庭。

独立之精神，自由之思想

1937年7月，日本在卢沟桥附近举行所谓的军事演习，借口一名日本士兵失踪，要求进入宛平县城搜查，遭到了中国守军的拒绝。日军向卢沟桥开火，中国守军奋力还击，揭开了抗日战争的序幕。日本全面侵华战争开始，中华民族陷入生死存亡之中，中国人被迫拿起武器捍卫国家。

当时，陈寅恪的父亲陈三立在天津，陈三立正打算离开天津，他没有想到日本在卢沟桥激战的同时派大批援军包围天津，天津很快被占领了。日本人找到当时在文学界很有名望的陈三立，希望他能写一封关于美化日军战争的信，陈三立拒绝了，但日军不依不饶，陈三立只好以绝食来抗议，溘然长逝。

父亲去世的消息很快传到了陈寅恪的耳中，他来不及悲伤，日本人就找到了他，希望他可以写这封信，陈寅恪拒绝了。

父亲在面对日本人的威胁时选择了如此激烈的做法，是陈寅恪始料不及的,父亲的去世带来的影响是巨大的,为父亲绝食而死而阵痛、为国民党的不战而愤怒。在日本占领中国的北方领土上每天都有新的中国人如何被日本人杀害的消息,如针刺一般,深深地扎在陈寅恪柔软的心脏上。经历了如此巨大的家变与国变,陈寅恪一下子变得颓废了许多,但他又不得不扛起自己肩上的责任。父亲去世后,陈寅恪有段时间天天流眼泪,他的视力开始下降,加上以前陈寅恪工作认真、专注,平时也不注意休息,有时甚至会通宵达旦地工作,陈寅恪的视力遭到了很大的损伤,再加上他平时并未引起重视,陈寅恪的视力就这样慢慢地连眼前的物品都看不清了。

1942年春,日本人再一次找到了陈寅恪,他们希望陈寅恪可以帮助日本人做事,陈寅恪没有丝毫犹豫便拒绝了,战争期间,陈寅恪没少听说关于日本军人残忍成性的故事,他也知道日本人肯定不会放过他。陈寅恪只好在朋友的帮助下,和家人过着奔波逃亡的生活。

在奔波中生计困窘,再加上营养匮乏,陈寅恪的眼睛近视得更厉害了。有次上课之前,陈寅恪忽然感到左眼失去光明,家人急切地送他到医院。医院的检查结果是视网膜脱落,陈寅恪入院治疗。陈寅恪的眼睛成了唐筼的一块心病。

即使在视力不好的情况下,陈寅恪仍然坚持着对学术的研究,特别是历史的研究,并且写出了很多关于史学的著作,丰富了人民的思想和认识,也为我国史学研究作出了贡献。

抗战胜利后,陈寅恪接受牛津大学的聘书去任教,并顺便在伦敦著名的眼科医院做检查,治疗眼睛,但由于在国内有过手术失败的先例,手术治疗后,双眼的视力并没有好转,反而有些加剧,陈寅恪在医院又做了一次详细的检查,检查的结果使他心灰意冷,医生说,已经没有治好的可能,而且双眼的视力损失还会加剧,直至失明。

陈寅恪失望地离开英国,于1949年返回祖国,在清华大学教书,继续从事学术研究。陈寅恪博学多才,尤其在历史、语言等方面有独到的研究,当时很多知名的教授都来听他的课。

后来,陈寅恪并没有因为眼睛失明而放弃研究工作,他在助手和妻子的帮助下,就像《钢铁是怎样炼成的》书中同样失明的保尔·柯察金一样,采用口述的办法来工作,陈寅恪这种顽强及坚持不懈的精神值得人民永远学习。

季羡林

北京大学的终身教授

——要说真话,不讲假话。假话全不讲,真话不全讲

姓　　名	季羡林
籍　　贯	山东临清
生卒时间	1911年8月6日~2009年7月11日
人物评价	著名的古文字学家、历史学家、作家。

对于季羡林,"感动中国"颁奖辞是这样评价他的:"……心有良知璞玉,笔下道德文章。一介布衣,言有物,行有格,贫贱不移,宠辱不惊。"他提倡讲真话,他一生正直、刚正不阿。他被文学界称为"国宝",他是国内唯一一个有能力独立释读吐火罗语残卷的人,他是中国现代东方学科的开创者和奠基人。他叫季羡林,他感动了中国。

书山有路勤为径

1911年,季羡林出生于山东省临清市康庄镇。祖父是季老苔,父亲是季嗣廉,母亲赵氏。父母都是普普通通的农民,虽然一年到头辛苦劳作,却依然摆脱不掉贫民的帽子。家里面几乎没有任何家具,生活比贫民还要清苦,年

少的季羡林在家中更是一本书都没有见过。

在季羡林的记忆里,一年大概只有到过年的时候才会吃上白面,吃的最多的是自家种的高粱烙成的高粱饼子,黑漆漆的,吃多了就觉得很倒胃口。为了解决嘴馋的问题,年少的季羡林经常跑到山头去割些青草,然后把这些青草送到家里养牛的人家,然后在那家人那里吃顿饭。那时,对一个贫穷落户的山村来说,牛就是富裕的象征,那时候,很多人家嫁女儿的嫁妆就为一头牛。有牛的家庭一般耕地都比较多,收成也比一般农户好很多,所以一有空,小季羡林就会割草,然后去这些人家吃一顿好饭,解解嘴馋。

有一年,在外地做生意的叔叔季嗣诚托人送来了几斤白面,季羡林的母亲不舍得吃,但季羡林却一直吵着要吃,母亲只好加了高粱面在里面,然后贴了一锅白面。季羡林很喜欢吃,吃了一块又一块,母亲看着孩子,不禁流出泪来。

转眼间,季羡林到了要上学的时候,每次看着从小和他一起玩耍的伙伴一个个都背上好看的书包去课堂学习知识,季羡林便对父母说他想去上学,父母面面相觑,家里连维持平时的温饱尚且艰难,哪还有余钱送孩子读书?但是父亲季嗣廉对孩子的期望比较高,他不希望季羡林一辈子和他一样。思索再三,他觉得,无论如何都要让季羡林上学。

父亲骑着毛驴去了济南,季羡林每天趴在窗前的桌子上等着父亲回来。那时的他对上学的渴望超过一切。在济南做生意的叔叔那时还没有结婚,所以季羡林是季家下一辈唯一的男孩儿,叔叔同意让季羡林来济南读书。

1917年春节过后,季羡林跟着父亲来到了济南,见到了叔叔季嗣诚,常年在外奔波,季嗣诚看起来比哥哥要老很多。自此,季羡林就待在叔叔这里,叔叔把他送到了私塾读书。

生活的艰难使得这位坚强的汉子有了些许白发,历经生活苦难的他深深明白对于普通老百姓来说,唯一能够出人头地、光宗耀祖的道路就是读书,所以季嗣诚对季羡林要求很严格。

那时的他给季羡林讲了一个笑话,这个笑话对季羡林的影响很大,他以后经常讲给他的学生听。说是一个江湖郎中在市集叫卖治臭虫的秘方,但价格很贵,出于臭虫的危害,有个人买了这个秘方,秘方一张张盒子叠起来,一个盒子套着一个盒子,最后一个小盒子里只有一张纸条,上面写着两个字"勤捉",买秘方的人顿时觉得受骗了,却又没有办法,因为勤捉确实也是治疗臭虫的方法。郎中于是告诉了他一个道理,这个世界上凡事没有捷径和窍门,唯有勤奋,俗语说天道酬勤。

季羡林知道上学的艰辛和不易,因此格外珍惜这次机会,他从小勤奋好学、珍惜时间,在中学的时候,季羡林的成绩一直在班级名列前茅。季羡林爱好读书,只要有读书的机会,他决不会错过,有时为了读一本书,竟然错过吃饭的时间。

正是凭着这种精神,1930年,季羡林考入清华大学西洋文学系,主修德文。在清华大学,季羡林与同学吴组缃、林庚、李长之结为好友,称为"清华四客"。进入大学的季羡林就像一条鱼儿奔向了大海,他尽情地遨游在这宽阔的、没有边际的海洋中,不知疲倦,如饥似渴。

学海无涯苦作舟

1929年,作为季家的长子,年仅18岁的季羡林被父母逼迫成婚,那时的他一心只扑在对知识的渴求上,他的妻子是彭德华,一个命苦的女子。彭德华自幼丧母,由父亲抚养成人,只有小学文化水平,但生活的艰难早就磨掉了她的脾气,她是一个善良的人,尽管和季羡林没有任何感情基础,两人是真正通过父母之命、媒妁之言而结合的,彭德华的一生遵从古代的"三从四德",上孝公婆,慈待子女。对丈夫,她绝对忠诚。

尽管彭德华知道丈夫并不爱自己,她依然恪守妇道,一辈子守在季羡林的身边。

季羡林在清华大学读书期间,家里的生活重担一下子落在了彭德华的身上,但这个从小吃惯了苦的女人毅然承担了这一切,只为丈夫能够安心读书。季羡林读大学期间,她没有去看望过他,只是因为她怕季羡林会生气。

学习德语的季羡林对知识的渴望越来越强烈,他希望自己能够去德国学习,去看看那里的世界。季羡林离开中国的时候,季家的经济已经濒临崩溃的边缘。谁也没有想到季羡林这一走就是11年,这11年中,季羡林的妻子为了维持家中的生计,摆小摊、卖破烂、给人洗衣服,生活苦不堪言。

奔赴德国的季羡林研究印度学、学习梵文等,他十分希望能在德国多待一段时间,因为这里有丰富的梵文资料供他研究,而在中国除了佛教有少量的藏书,其他的都找不到了,他的学问就会停滞不前,或者会付诸东流。但不离开,对家乡的思念、对祖国命运的担忧,无时无刻不让他的心备受煎熬。

留德期间,季羡林和他的校友田德望的房东迈耶家的大女儿结识了,她叫伊姆加德,是个身材高挑、面容白皙、惹人怜爱的姑娘。那时,季羡林正在忙着博士论文的写作,博士论文必须打印出来交给教授,这是一个不小的难题。那时候,打印机还没有普及开,只有少数富有人家才有。这时,伊姆加德正好来找他,季羡林说了他面临的困难,伊姆加德笑着说她可以帮他,不过要求季羡林陪她走遍哥廷根的每个角落。这是一个浪漫的要求,季羡林并没有多想,他只是想尽快完成他的论文。

那段时间,只要季羡林有空,伊姆加德就会来找他,两人一起去哥廷根的某个地方去逛逛,或咖啡馆、或电影院、或广场,4年来,他们的脚步走遍了哥廷根的所有地方。

尽管伊姆加德哭着不要季羡林回国,季羡林仍然坚定了回国的心,他说:"我的祖国更需要我,我必须回去。"季羡林告别了他待过11年的地方,他对这个地方也产生了深切的感情。轮船在海中漂摇,越靠近祖国,季羡林的心就越激动。

游子回家,感动中国

1946年5月19日,季羡林抵达上海,回到了久别的祖国。

当他回到济南老家时,他不禁呆了,家里已经破乱得没有一点样子,满头白发的叔父坐在椅子上晒着太阳,变得很苍老的妻子在一遍遍地洗着衣服,门口玩耍的孩子已经认不出他来了,用陌生的眼神看着他。悔恨、内疚涌上季羡林的心头,他觉得他欠这个家庭太多了。

经陈寅恪推荐,季羡林到北京大学任教,并创立了东语系,凭借刻苦钻研,最终成为中国现代东方学科的开创者和奠基人。

作为"国学大师"、"国宝""学界泰斗",季羡林的学术研究领域很广,用他自己的话说是"梵学、佛学、吐火罗文研究并举;中国文学、比较文学、文艺理论研究齐飞。"他最终成为国内唯一一个有能力独立释读吐火罗语残卷的人。"国宝"也许能表达季羡林对于文学界的重要性。

2006年,季羡林成为感动中国人物。"感动中国"颁奖辞:"智者乐,仁者寿,长者随心所欲。曾经的红衣少年,如今的白发先生。心有良知璞玉,笔下道德文章。一介布衣,言有物,行有格,贫贱不移,宠辱不惊。"

蔡元培

开"学术"与"自由"之风

——与其守成法,毋宁尚自然;与其求划一,毋宁展个性

姓　　名	蔡元培
籍　　贯	浙江省绍兴市
生卒时间	1868年1月11日~1940年3月5日
人物评价	蔡元培是中国近代史上著名的教育家、思想家,他一生清廉正直,被毛泽东誉为"学界泰斗、人世楷模"。

蔡元培本是翰林,却弃官办学。参加最后一次科举,却大力改造北大,开创学术和自由之风,一生清廉正直,被毛泽东誉为"学界泰斗、人世楷模"。

年少展才入翰林

1868年1月11日,同治丁卯年十二月十七日,蔡元培出生在浙江省绍兴府。

蔡家是本地有名的商贾之家,家族的生意遍布大江南北,在生意中,家族总是会遇到各种各样的问题,有些问题是很好解决的,有些问题却苦于蔡家在政治上没有靠山,即使花费大量的礼金,还是得不到很好的解决,所以蔡家一直迫切地希望家中有人能够在朝为官，这样蔡家的生意就可以得到更大的发展。

自古以来，民做官只有一条路可走，就是参加科举考试。如果能够名列前茅，自然会飞黄腾达、前途宽广，蔡元培正是出生在有着这样期望的富实的商家。蔡元培很小的时候就被赋予很大的希望。所幸，蔡元培从小性格祥和，颇有山崩于眼前而色不变的勇气，蔡家人对他的希望更大了。

在蔡元培刚刚学会行走时，蔡家人就迫不及待地对他进行启蒙教育。1872年，蔡元培刚刚过完5岁的生日，蔡家便请了个塾师作为他的生日礼物。于是，年幼的蔡元培跟着先生开始学习四书五经之类的科举必考的书本。对读书人来说，能写得一手好字能给人留下好印象，于是蔡家还安排了习字这门功课。

蔡元培从小就聪明伶俐，但生性有些淡泊，这对他以后的人生产生了很大的影响。自此以后，在私塾先生的引导下，蔡元培学习了全面的八股文，并能够提出许多新颖的见解，颇得先生赏识。蔡元培勤学苦练，又练得一笔好字，教他很久的私塾先生对蔡家说："假以时日，元培必成大器。"蔡家喜出望外。

蔡元培的六叔蔡铭恩是蔡家第一位读书登科的人，但奈何生性淡泊，不欲为官，只好在绍兴城内招徒授业，蔡家把更有希望的蔡元培送到了蔡铭恩那儿，蔡元培接触到了大量的藏书，求知若渴的他天天待在六叔的藏书馆里，六叔开始教他做散文和骈体文。

1884年，年仅17岁的蔡元培参加乡试考取了秀才。1890年，蔡元培考中贡士，1892年，蔡元培25岁时，经殿试中进士，被点为翰林院庶吉士。1894年春，他再次赴京参加散馆考试，被授为翰林院编修，蔡元培成了当时文人梦寐以求的翰林院中的一员。

蔡元培满身抱负，打算在翰林院作出一番作为来。身为翰林，蔡家的生意也随着蔡元培的高升而水涨船高。蔡元培为翰林期间,他的差事总是完成得很好,颇得同为翰林的官员的赏识,蔡元培觉得当翰林真是当对了。

中国在甲午战争中惨败,清政府的北洋水师受到毁灭性的打击。割地赔款的奇耻大辱使得这个踌躇满志的青年翰林重新思考问题,他开始接触新学。

生性淡泊抛功名

蔡元培当翰林时,中国正处于清王朝晚期,此时的中国正在逐渐滑向半殖民地半封建社会的深渊,洋务运动使蔡元培感觉到中国复兴的希望,但这种希望很快就在甲午战争中破灭了。

甲午战争打碎了蔡元培希望清王朝强盛的愿望。清王朝在洋务运动中,倾注庞大的物力、财力建立起来的中国第一水师——北洋水师在战争中竟轻易地被日本击败。国家和民族生死存亡的时刻迫使蔡元培开始思考救国、救民的道路。与日本签订《马关条约》的消息传来,蔡元培在报纸上看到了《马关条约》的内容后火冒三丈,但翰林院的其他人却不以为然,他们说:"这是中堂大人签订的,有什么不对吗?"然后,翰林们该奉承上司的奉承上司,该捞钱的捞钱。

由此,蔡元培感觉到由于清政府的昏庸腐败和官员的无能,清王朝必定会灭亡,《马关条约》签订后,清政府竟然命国人张灯结彩,庆祝政府顺利地解决了战争失败的危机。从此,蔡元培对清政府不抱丝毫希望。

1898年,蔡元培上书朝廷,希望统治者能够进行一些改革以强大国家,却遭到了拒绝,清政府不认为当前的王朝有任何困难。蔡元培的另类使得他在翰林院中处处遭到翰林们的排挤,已到而立之年的他望着自己曾经梦想的地方,毅然决定辞官,回到了绍兴老家。

1898年9月,蔡元培回到家乡,开始了教育救国的道路,他在家乡设立私塾,招收学生,传授新学,这在绍兴引起了极大的反响。堂堂翰林竟然成为一名教书先生,很多人都慕名前来,参加蔡元培创办的私塾。

后来,蔡元培应知府之邀,担任绍兴中西学堂监督。绍兴中西学堂是由地方地主捐赠而成立的一所新学校,这所学校规模不大,而且由于是新办的,很多方面都还不成熟,蔡元培决定从这个学校开始他的新学教育,开始他教育救国的道路,于是,蔡元培对传统的私塾教育只教四书五经的积习进行了大刀阔斧的改革。

首先,他聘用了一些在国学方面根基深厚的教员,同时还请了一些懂西学的人来当教员,他认为教员的素质对学生的成长起着非常重要的作用。所有的教员他都一一面试,进行选拔,对某些造诣较深的教员更是破格提拔。

中西学堂在蔡元培的努力下真正成为一所为国家输人才、为民族作贡献的新式学校,很多人都慕名前来参加。蔡元培采用新式的管理办法,使得没有上学的人也可以来学校听课。为了培养新式人才,蔡元培解决了经费不足的困难,购置了一批新式教材,有些还是托人从国外买来的。

中西学堂终于慢慢地走向了正轨。

蔡元培渐渐成为知识界的领袖人物,中国各地处处传播蔡元培创立的新式学校。在半殖民地半封建社会的中国,人民的思想还是很腐朽的,一开始,人民关注的只是蔡元培翰林的身份,然后才了解他办的新式学堂。

1901年夏,蔡元培到上海代理澄衷学堂校长,蔡元培开始在上海传播他的新式教育。新式教育在蔡元培的努力下,如火如荼地在全国各地开展开来。

海外游学增见识

虽然蔡元培鼓励建立新式学校，但他的这些思想都是从当初洋务派建立的新式学校中学来的。洋务派以实用为标准，有些知识难免会有疏漏，设立新式学校的蔡元培常常感觉到自身西学知识的匮乏，他十分希望能够到西方国家去看看、去学习。

1902年，蔡元培创立了爱国学社，不久后，被清政府察觉，蔡元培被迫在青岛、上海、绍兴等地来回奔波，蔡元培学习德语，准备赴德留学以躲避风头，但这期间蔡元培没有惧怕清政府，仍从事教育和革命活动。

1907年，蔡元培在驻德公使孙宝琦的帮助下前往德国柏林，入莱比锡大学学习。蔡元培实现了他的愿望，看着国外处处一片生机勃勃的景象，蔡元培感觉到了新的希望，看着德国的强大和富有，他更加相信教育救国这条道路的正确。蔡元培按着自己的兴趣主修了哲学、历史、文学和教育学等，有着丰富的办学经验的他明白自己所需要的是什么，他如饥似渴地泡在这些课堂里，贪婪地吸收着这些知识。

蔡元培在下课的时候还泡在图书馆里，在莱比锡大学图书馆里，他涉猎了大量书籍，对德国富强之路有了更为深刻的理解，在大学期间，他还忙着编著了《中国伦理学史》等一批学术书籍。

然而，中国国内的状况依旧不乐观，中国人探索富国强兵的道路没有停止过。1911年，蔡元培在德国的第5个年头，他的好友孙中山先生发动了辛亥革命，蔡元培觉得自己该回国了，国家已经处在生死危亡的时刻。

不久后，蔡元培取道西伯利亚返回中国。

意气风发改北大

1912年，孙中山领导的"中华民国"成立，中国历史翻开了新的一页。回到中国的蔡元培被任命为南京临时政府教育总长。出任教育总长的蔡元培大展拳脚，他颁布了《普通教育暂行办法》，并主持制订了《大学令》和《中学令》，他觉得大学和中学应该是全国民不分贵贱、不分贫富都可以来读的学校。

但辛亥革命胜利的果实很快被袁世凯夺走了，袁世凯志在复辟帝位，蔡元培不愿与袁世凯为伍，于1912年7月辞去了教育总长之位。后来，蔡元培再次漂洋过海，远赴法国，从事文学研究。

1916年，黎元洪任"中华民国"总统。黎元洪是一位颇有见识的人，他参加过新学，他知道教育对国家的重要性。他在当总统期间，恢复了民国初年的《临时约法》。当初被迫害的孙中山、蔡元培等人终于可以返回国内。

回到国内，蔡元培接受了黎元洪的委托，出任北京大学校长。北京大学从建立时起就与政府结下了缘分，不少政府官员和他们的孩子们都在北大读书，北大在当时属于官僚的学府。学校中，等级之分也很严重，不少北洋政府的官僚也在北大教书，这些官员很受学生欢迎，学生们纷纷巴结他们，以便可以步入仕途。

北大虽然改名为国立北京大学，但依然属于北洋政府的官方学校。学校的官僚主义依然很严重，蔡元培决意改造北大。要改变学生把上大学当做做官发财的阶梯，就要从思想上根绝这种腐败的想法，因此，蔡元培改革北大的第一步就是明确大学的宗旨，他说："大学为纯粹研究学问之机关，不可视为养成资格之所，亦不可视为贩卖知识之所。学者当有研究学问之兴趣，尤当养成学问家之人格。"为全校师生创造研究学问的氛围。

蔡元培第二步是整顿教师队伍，凡是没有真才实学的教员都不被他留任下来。蔡元培认为改造北大，光是改变学生的观念是不够的，还得有一批具有真才实学的教员来引导他们，所以蔡元培本着学术造诣的基本原则，在国内聘任名师。蔡元培当时聘请《新青年》主编陈独秀为文科学长，并聘请了李大钊、胡适等人在北大任教。他不拘一格，只要在学术上有成就的人，他都请来当教员，刘半农、徐悲鸿等人均被蔡元培聘用。蔡元培的办学方针其实就是"思想自由，兼容并包"8个字，经过整顿，北大渐渐出现了百家争鸣、流派纷呈的局面。

蔡元培还进行管理体系的改革，建立了评议会。评议会为全校最高的权力机构，拥有处决一切问题的权利。评议会的会员由教授选举产生，校长为评议长，凡是学校的事务都必须经过评议会讨论和审核后才能确立。蔡元培还进行了学科与教学体制改革，鉴于当时存在"重术而轻学"的现象，蔡元培认为大学要偏重于纯粹学研究的文、理两科，把原先存在的5科设为文理法3科。从1920年春天开始招收女生入学，开创了我国国立大学招收女生的先例。

蔡元培的"思想自由，兼容并包"的8字办学方针开创了北京大学新的局面，全国各地纷纷效仿北京大学，北京大学崇尚知识、注重发展学生个性，很快就形成了一种人人争着研究学问、人人以研究学问为荣的氛围。北京大学后来成为"五四运动"的传播中心，其影响更为深远。北京大学改造成功也成为我国高等教育近代化发展中的一个里程碑。

1940年3月5日蔡元培病逝于香港，毛泽东特发唁电："学界泰斗、人世楷模。"

叶圣陶

一生致力教育事业

——教师当然须教,而尤宜致力于"导"

姓　名	叶圣陶
籍　贯	江苏苏州
生卒时间	1894年10月28日~1988年2月16日
人物评价	现实主义写作先驱、一代文宗、与蔡元培齐名的教育家。

叶圣陶是与蔡元培齐名的教育家,同时也是著名的作家、编辑家、文学出版家和社会活动家。他提倡文章要贴近事实、贴近生活、贴近时代,他努力教学、积极改革,终成一代文宗,也是现实主义写作先驱。

书呆子志怀天下

叶圣陶于1894年10月出生在江苏省苏州市的吴县,他的父亲是一位账房先生,收入很低,所以直到晚年才结婚。叶圣陶出生时,他的父亲已经将近50岁,属于老年得子,所以叶圣陶的出生给这个家庭带来了很多的欢乐,叶圣陶也被给予很高的期望,父亲希望他能够有所成就,不要像他这样满肚子的墨水,只能给地主当账房先生,领取微薄的工资养家糊口。

出于望子成龙的心情，叶圣陶的父亲在他3岁起就教他描红写字，父亲亲自教他识字，由于他天资聪明，到他6岁进私塾的时候就已经认识3000多字，又写得一手好字，所以叶圣陶颇受私塾先生称赞。为了扩大叶圣陶的见识，叶圣陶在私塾待了一段时间，就跟随父亲工作。父亲是账房先生，帮地主管理债务，或者说是帮地主要债。在工作中，他有机会接触到低下阶层老百姓的生活，他的足迹遍布了苏州。

20世纪初，中国教育正处于新旧交替的时期，叶圣陶受到了两种不同教育的熏陶，在新式教育下，他慢慢地发现一个与小时候学习的完全不同的知识。然而，他的父亲仍是旧时社会的人，期待叶圣陶能够参加科举，考取功名，从而步入仕途，光宗耀祖。在父亲的私自安排下，叶圣陶只好参加了科举。然而，参加科举的第二年，清政府就宣布废除科举考试，父亲的愿望落空。

求知若渴的叶圣陶于1907年进入当地的草桥中学就读，草桥中学是新建不久的新式学堂，学校的图书馆里有很多翻译过来的外国小说，放学后，叶圣陶就待在图书馆里津津有味地阅读这些小说，直到图书馆关门才回家，所以叶圣陶常常被同学戏为"书呆子"，但叶圣陶并没有觉得这个绰号有什么不好，依然坚持爱读书的习惯。得益于这些小说，叶圣陶获得了大量的新知识，这些知识都是以往的教育中所没有的，对外国文学的研究和喜爱，无疑为他以后的教育和写作生涯起了很大的作用。

叶圣陶原名叶绍钧，字秉臣，意思是皇上的好臣子。1911年，辛亥革命爆发后，苏州也成了辛亥革命的阵地，苏州人人都在宣传清王朝灭亡了。次日，叶绍钧找到自己的启蒙老师章伯寅先生，对他说："清王朝已经灭亡了，我不能再作臣了，请先生改一个字。"章伯寅想了想说："你名绍钧，有诗曰'圣人陶钧万物'，就取'圣陶'为字吧。"就这样，叶圣陶这个闻名于世的笔名就定了下来。

1912年，因为家庭贫困，中学毕业后的叶圣陶没能继续学业，而是到一所学校当了一名教师。在学校期间，他学到了很多关于新学方面的知识，正打算在这个学校一展拳脚，打开他教书育人的第一站，于是，叶圣陶开始了与粉笔、黑板为伍的生涯。但他的新学实施得并不顺利，学校并不认同他在新学方面的见解，学无所用，使得叶圣陶十分苦闷。

在学校中，叶圣陶的才华横溢往往导致老师们的忌妒，那些老师都是从传统的四书五经中走过来的，以经为尊的思想早就深深地印在他们脑子里，他们害怕有着新思想的叶圣陶，他们害怕新学实施后，他们这些有些腐朽的人就要失去工作，所以，他们千方百计地破坏叶圣陶实施新学教育，叶圣陶的教书生涯越来越苦闷了。

塞翁失马，焉知非福

在学校里，叶圣陶还是找到了一些志同道合的人，他们一起研究西式教育，一起探讨课程的改善，并开始在课堂上试着实施。这种新颖的教书方式受到学生们的欢迎，但却惹来更多人的记恨，校长听到关于叶圣陶的坏话越来越多，校长是个耳根子软的人，听不得别人的欺骗，更多的鸿儒级的老师来抱怨，说是学生都不按时听课，都泡在叶圣陶的课堂听叶圣陶讲课，这么下去，学校只留叶圣陶一个人教书好了。

犹豫了半天，校长还是把叶圣陶叫到了自己的办公室。

1914年，由于遭受学校老师的排挤，叶圣陶失业了。

失业之后的叶圣陶并没有急着去找工作，他用了一段时间好好思考了自己在学校中所实施的新式教育，思考着这种教学方法的利弊以及改进的方法。为了生活，叶圣陶在失业期间全身心地投入到文言文小说的创作中，他的作品大多都是描述社会底层人们的痛苦生活和悲惨的命运，无声地谴责了当前混乱得没有人情味儿的社会。

1916年6月,叶圣陶在《小说丛报》上发表了一篇文章,这篇文章的署名为圣陶。在后来的写作中,他又把自己的姓氏加了进去,成了叶圣陶,这个笔名一直被沿用了下去,直到被人民大众所熟知。

1923年,叶圣陶已经在杂志上发表了大量的小说,在文学界小有名气。叶圣陶通过了商务印书馆的应聘和面试,谋取了一份他当时很喜欢的工作,这是他第一份编辑和出版的工作。在那时,在朋友的帮助下,叶圣陶开始主编《小说月报》杂志,《小说月报》是个新的杂志,它刊登着一些新式作家的新作品,在文学杂志中引起了极大的反响。即使每天的工作量很大,叶圣陶仍然坚持文学创作,并发表了很多文章。

叶圣陶曾经说过:"编辑不是一份轻松的工作。在编辑当中,粗心是不允许的,你必须自己检查所有的文字。编辑们必须认真地对待他们的出版物、他们的报道和他们的读者。"编辑在检查最终成果的过程中扮演着重要角色。叶圣陶认为"认真"是一个成功编辑的关键,他在工作中一再重申这一观点。

叶圣陶生活在一个不稳定的时代,中国正处于第一次国民战争时期、兵荒马乱的世界。早年的经历使他看惯了各种凄惨的状况,这个时候的他还没有感觉到有谁可以来改变中国落后的局面,他只是在尽一个炎黄子孙的责任,他积极地投身于新文学的道路上,希望可以改变国家将来的局面。

被迫离校的叶圣陶在离开学校的时间,他对文字的热情就像火山岩蓬勃而出,不知道那些正在教书的老鸿儒看到后会有什么想法。叶圣陶被迫离开学校,只能说"塞翁失马,焉知非福。"

生活中的一面镜子

现实主义是叶圣陶文章的最为鲜明的特点。他的文章无不是出自于自己儿时的积累,他以一些小人物的故事来揭露当今社会所存在的问题。在文章中大多探讨人性和社会的阴暗面,这构成了叶圣陶文章独特的魅力,这种魅力又奠定了他在中国文学上的地位。

叶圣陶对教育的缘分是从草桥中学毕业后建立起来的,他的文章大多都是在学校教书之时写作的,而且在叶圣陶的小说创作中,独特的师生故事也成为他文章中独特的亮点。

"五四运动"所倡导的新文化、新文学的运动更使叶圣陶感觉到自己坚持方向的正确性。叶圣陶当时读了很多发表在《新青年》上的文章,有些见解他颇为赞同。他更加努力地披荆斩棘,在杂志上发表了一篇又一篇关于自己见解的文章。

叶圣陶的文章最主要的特点:一是现实主义,二是读起来朗朗上口,他没有用华丽的语言去讲述,而是用平平淡淡的语言叙述故事。由于他的文章都是以现实为基础而作,所以情感表达朴素真实,使得他的文章充满了无穷的力量。他用与时俱进的步伐、温婉平淡的语言书写着一个个发生在中华土地上的故事,虽平淡,却源远流长。

作为一名教育家,叶圣陶的文章不可避免地要覆盖在知识分子的身上,所以在叶圣陶的作品中,要么就是反映现实生活,记述生活在社会底层被剥削和压迫的知识分子的凄惨命运,用现实性发出自己的呐喊;要么就是在书中表达自己的思想。比如在《稻草人》中,他就表述了自己民主和社会主义的思想。所以,叶圣陶的作品往往很有张力,他的作品揭露了一些人性方面的缺陷,比如冷漠、自私等,或者人们贪图享受、不思劳作的思想,叶圣陶在作品中无声地谴责了这些人,希望可以唤醒人们的知觉,从而改掉自己的缺点,更好地实现人生价值。

"……写作的基础是一双有洞察力和善于观察的眼睛,而我的眼睛却不怎么拥有洞察力……当然,没有必要以写作为目的而训练一个人的眼睛,对于眼睛的训练,是为了洞察现实、丰富生活。"叶圣陶在一篇文章中曾经这样说过。

胡适

新文化运动的领袖之一

——大胆地假设,小心地求证;认真地做事,严肃地做人

姓　　名	胡适,字适之
籍　　贯	安徽绩溪县
生卒时间	1891年12月17日~1962年2月24日
人物评价	新文化运动的领袖之一、著名历史学家、文学家。

他原名嗣穈,却因明志而改名,在知道达尔文的学说"物竞天择,适者生存"的典故后,他毫不犹豫地改名为适之。他生来瘦弱,却站直身躯,倡导了新文化运动。他,就是一代著名学者胡适。

乡巴佬来到大上海

1891年12月17日,胡适出生在离绩溪县西约有80里的偏僻地方——上庄。庄里都是从各地而来的胡姓人家,属于聚居而形成的一个稍微大点儿的村庄。

胡适的父亲胡传是贡生,在朝为官,胡适的母亲冯顺弟是本地人,是绩溪县中屯人。胡适的父亲比母亲大 32 岁,属于老年娶妻。据说,胡家的高祖是做小本生意而发家的,在上海开了家茶叶店。胡适的祖父把胡家的事业发扬光大,并经过努力在上海华界新开了一家分店。到了胡适的父亲胡传,胡传在朝为官,做生意就更方便了,胡家的生意越做越大,渐渐成了当地的名门望族。胡适的母亲冯顺弟就是因为担心父母受苦才决定嫁给胡传的。所以胡家并不是书香门第之家,出现一个考上贡生做官的胡传只是一个例外。

胡适的出生给这个家庭带来了很多欢乐,但好景不长,中日甲午战争爆发后,胡家得到消息,胡适的父亲胡传在厦门去世了,这时,胡适的母亲才 23 岁,人生之路刚开始,便失去了丈夫,还要抚养孩子,于是她感到很绝望,但望着院子里活泼的孩子,她知道自己得坚强起来。

胡传死后,胡家的生意没人打理,渐渐没落了。

胡适 5 岁开始上学,在绩溪老家受过 9 年私塾教育,打下了一定的古文基础。

在私塾里,胡适接受的是中国传统文化的教育,首先背诵《四书五经》、《弟子规》等一些中国传统文学的经典,但少年时期的胡适最大的爱好便是看小说,就是私塾先生口里的"杂书",每次借到一本书,胡适都爱不释手,一口气读完。

胡适在绩溪县度过了 9 年的时间,在私塾接受教育,接受古文的熏陶和读写杂书。慢慢地,小胡适长大了,他从杂书上学到了很多知识,他知道山的外面有更大的世界,即使故乡的风景再秀丽也渐渐满足不了一个正在成长的不知足的心,胡适渴望到山的外面去看看、去学习。

1904 年,母亲同意了胡适到外面求学的想法,胡适告别了生活十多年的故乡,远到上海去求学。当时的他完全是一副土少爷的打扮。他经杭州转到上海。胡适当时进的第一个学堂是梅溪学堂,后来转到澄衷学堂学习。

从在乡里的古文学习到现在转头学习新知识、新思想,与小时候不同的知识吸引了他,从旧知识转到新世界,从文言文到白话文的转变,胡适贪婪地在书籍中汲取新的知识,在上海求学的第二年,来上海探望他的冯顺弟感觉到胡适像变了一个人,没有了在乡下时的那种扭捏、小气的感觉,反而转化为一个真正的、全新的人。

胡适思想的转变

1905年,出于对新知识的追求,胡适选择了在澄衷学堂学习。澄衷学堂是新建的学堂,思想比较开放,这里教授的知识比梅溪学堂要齐全得多,正是在这里,胡适接触到了更多西方的新思想、新文化。

科举制度曾经为中国的封建社会选拔了大量的人才,但在清朝末期,随着半殖民地化的加深,许多有识之士在学习西方的新文化教育后,尤其是那些出过国的知识分子发出了"废除封建科举制度"的呐喊。清政府在1905年废除了科举教育。

科举教育废除后,各地兴办新学堂。澄衷学堂也是在这样的背景下建立的,新学堂引进西方新的教育方法,学习西方先进的科学技术,开阔了人民的视野,提高了人民的思想。

这个时期,胡适接触到了新的思想,主要是来自于赫胥黎和梁启超。

严复译述的赫胥黎著《天演论》是由当时的知识分子严复翻译的,一经出版,就在国内引起了极大的轰动。《天演论》所宣传的"物竞天择,适者生存"的进化思想给当时的胡适带来发聋振聩的作用,如同当头棒喝,胡适似乎明白了点什么。

胡适的第二个新思想的启蒙老师是梁启超。梁启超是维新变法的领袖人物,戊戌变法失败后,梁启超流亡日本,创办《新民丛报》,继续介绍西方新文学,在当时的中国思想界有着很大的影响。

从梁启超创办的《新民丛报》上，胡适学到了更多关于西方的新思想，他自己的思想也渐渐地在梁启超的影响中变化了。

后来，胡适考取了第二期官费生赴美留学。1910年胡适到达美国，先在康乃尔大学读农科，后转为文科。

到美国后的胡适犹如笼中之鸟回到了天空。他自由地呼吸，痛快地呐喊，他遨游在这片处处充满知识的校园里，胡适爱书的习惯没有改变，一天之中的大部分时间都是待在图书馆，他如饥似渴地汲取着新的知识。在汲取知识的过程中，胡适的思想慢慢转变了。

异国他乡的姐弟恋

1914年，胡适认识了当时康乃尔大学一名教授的女儿，两人很谈得来，胡适很喜欢这个看起来文静端庄的女子燕嫡兹·韦莲司，她是纽约的一名女画家，善于画风景画、人物画和静物画。一次在纽约湾写生时，她遇到了一旁读书的胡适，二人一见如故，彼此间常常来往。

所有爱情故事的开始是一样的，都充满浪漫，虽然韦莲司的年纪要比胡适大，但在相爱的人眼中，这根本不是问题。胡适曾经约韦莲司一起去游湖，而且还去韦莲司家吃饭，开朗的美国人父母并没有多问什么。两人也经常在康乃尔附近散步，有时也会在美丽的月光下散步。

韦莲司读书甚多，思想先进，让胡适很是钦佩。胡适常说："余所见女子多矣，其真具思想、识力、魄力、热诚于一身者，唯一人耳。"在那段时间里，两人几乎走遍了纽约的每个角落。两人谈论政治、艺术、新文学，一起看日出、看夕阳，一起去纽约湾玩，一个写生，一个读书，时间就在这样的愉快中渐渐消逝了。

不过后来，两人的爱情还是遭到了韦莲司父母的干预。在父母的逼迫店主暴打了一顿后就走了,海瑞问豆腐店老板是怎么回事,老板告诉他说:"严二前天来,给我 30 两银子说是借给我用,我知道他图谋不轨,就没敢要,可他留下银子就走了。我怕丢了,就把它包好放起来了,可今天他来,说这 30 两银子连本带利得 3000 两银子。还说,如果不给,就让我把我的女儿嫁给他。海瑞一想:"原来,这严二是看上了老板的女儿,才想出这么一个恶招。"

海瑞听了,当时很生气,当严二再来时,海瑞要求严二赔偿店主的损失和药费,并向店主赔礼道歉。严二不仅没有道歉,还破口大骂海瑞,海瑞怒不可遏,便狠狠地用武力教训了严二一顿,严二被吓走了,很久没来。第二天,他便参加了考试,并且一举高中,还被分官。

海瑞做官之后的第一件事就是除掉严嵩及其管家这些恶贯满盈之人。他将此事上书皇帝,皇帝派人查明真相后恼羞成怒,他没想到一直被自己任用的朝廷重臣却是一个如此贪赃枉法之人,就亲自将严嵩等人招入朝堂,绳之以法,并且警告诸位大臣若是再有触犯,将严加法办。

因为海瑞的义勇相助,店主和其女儿再也不用每天过担惊受怕的生活了,终于得到了永远的平静。

不畏权贵,为民除害

海瑞自幼攻读诗书经传,博学多才,嘉靖二十八年任福建南平教谕,后来被提升为浙江淳安的知县,他敢于蔑视权贵,从不谄媚逢迎,一生对朝廷忠心耿耿,平冤正案,打击贪官污吏,深得民心。

明朝嘉靖年间,社会风气腐败,民风大乱,其原因主要在官员。一些官员根本不把民众的疾苦放在心上,百姓生活一片狼藉,四处生灵涂炭。若有达官贵人或朝廷重臣经过州县,除了摆宴招待之外,还要送上厚礼,在礼帖上写"白米多少石"、"黄米多少石"。其实,其中的"白米"、"黄米"指的都是白银和黄金。这样的社会风气在江南一代蔓延开来,小县衙不仅要招待官员,连一些专横跋扈的公子也要招待,使得当地的农民负担很重。

一天,总督胡宗宪的儿子带着一队人马来到淳安,驿站官员不知道来者身为何人,接待上稍有些粗略,谁料竟招致胡公子恼羞成怒,当场命令家丁把驿吏用绳子捆起来反吊在树上,用皮鞭狠狠抽打。

当时在淳安任知县不久的海瑞听到此事后,顿时义愤填膺,便立即赶到驿站,面对胡公子的猖狂之为,他大喝一声:"住手!"并命令手下为驿吏松绑。胡公子的手下见此人如此嚣张,就把海瑞团团围了起来。胡公子趾高气扬地走上前去挥着马鞭准备教训海瑞,说:"你知道大爷是谁吗?"海瑞理直气壮地指斥道:"不管你是谁,都不准在我管辖的地方胡作非为!"胡公子手下的家丁威吓说:"狗官,你瞎了眼!这是胡总督胡大人的公子!"海瑞一听,便冷笑一声,说:"哼,以往胡大人来此巡查,命令所有地方一律不得铺张。今天看你们如此行装威盛,如此胡作非为,显然不是什么胡大人的公子,定是假冒的!"

说着海瑞示意下属将胡公子捉住,把他沿途勒索的金银财物统统充公,并驱逐出城。事后,海瑞马上给胡宗宪写了一封信,说:"有人自称胡家公子沿途仗势欺民,海瑞想胡总督必无此子,显系假冒。为免其败坏总督清名,我已没收其金银,并将之驱逐出境。"

其实,胡宗宪收到信后心里明白是自己的儿子所为,但他是一代抗倭名将,为人也很正直,并且明事理,所以没有怪罪海瑞。

在这件事之后,海瑞在当地立下规矩,无论是什么达官贵人来到了这里,若是嚣张生事、欺压百姓,都会按朝廷法规处办。当地的百姓都很感谢他,并从此称海瑞为"海青天"。

为人民作贡献

海瑞不仅性情耿直,而且为人厚道,他在仕途生涯中不为己利,而是一心为人民造福,他是百姓眼中的"父母官"。他想尽一切办法为人民解决困难,革除封建社会的旧制度。这不仅造福了当地百姓,而且还在历史上留下了功不可没的功绩。

江南地代是全国最富庶的地方,农民的田地收成颇为丰厚,而一些官僚看红了眼,觉得应该从农民身上捞些好处,所以很多为官之人借着自己的势力向百姓强取豪夺。其他地方和很多贪官也想从这里捞些好处,都争着来这里为官。他们以"朝廷之命官"为由,也向当地百姓伸出了"黑掌",官宦们不满足于已有的庄田,那些土豪劣绅也霸占农民的土地。农民失去了土地,还要缴繁重的税务,使得百姓怨声载道、民不聊生。之前朝廷派去的官员,要么因贪官污吏的关系盘根错节管起来棘手而走掉,要么和当地的恶霸同流合污、欺压百姓。

皇帝为此事也是夜不成眠。隆庆三年,皇帝决定派海瑞任南京右金都史,前往苏州查办此案。海瑞任职之后,首先革除弊政,将这些作恶多端之人逮捕法办,为百姓退田还地,百姓得到了失去的土地之后热心耕耘生产,但是百姓虽然在收成上有了起色,却赋税繁重,每次缴完粮税,百姓的粮食都所剩无几,海瑞决定减除农民繁杂的税负,农民没有了缴税的负担,都喜出望外,生产力在短时间内得到迅速恢复和发展。

江南地代的淞江和太湖都会入海,沿江地区的许多土地在得到灌溉的同时也经常遭水患,所以当地的物价暴涨,那些贫困的农民因买不起粮食而遭饥荒之苦。当地政府虽然采取措施大量放赈,但是由于饥民太多,还是无法解决灾民的吃饭问题,大量灾民逃荒异乡,到处怨声载道。海瑞为了帮助处于困难之中的饥民,决定修复水利,但是修复水利需要很大一笔资金,让百姓出是不可能的,现在他们连饭都吃不饱,哪里还有钱去修建水利?海瑞便想出一个方法,让朝廷出一批银两来助水利修复。他便向朝廷写了《开吴淞江疏》上书皇上,申请"修复水利"。他说:"太湖之水从3条水道入海,其中,娄江、东江都是小河流,唯有淞江是最重要的入海通道。但是,一段时间以来,主管水利的官员没有很好尽职,抚按亦未将兴修水利提到重要议事日程,终于导致淞江的淤塞,一遇大的降水,必将洪水四溢,为害甚重。因此,为国计民生,应该立即疏通淞江。"皇上便同意出资修复水利。疏通淞江是为了造福江南百姓,所以当地饥民纷纷参与工程,使得工程在得到资金保障的同时顺利进行。终于,原来仅4丈之宽的河流被扩至7丈之宽,还在河堰堤坝凿洞以便排涝。兴修水利彻底解决了太湖周边的水患问题,帮助灾民渡过了难关。

海瑞为当地老百姓谋利造福,不仅赢得了当地人民的称赞和爱戴,对于造福后代子孙也打下了良好的基础,使他成为历史上永垂不朽的一代名臣。

备棺进谏

海瑞在职期间做了很多出色的成绩,他在淳安、兴国的政绩显著,经济上升很快,社会也比较稳定,受到人们的赞扬,而且他想进一步为民谋利,革除一切不合理的封建制度和思想观念,促进社会发展,但是直言进谏就明摆着是反对皇上的治国之道,可是为了国家和人民,他必须这么做。

嘉靖四十四年,海瑞不顾个人生死,吩咐家人为他买一口寿材,他说:"我准备进宫去向皇帝上奏,这个奏折是批评皇帝的,皇帝肯定会生气,我的命估计是保不住了,故此早做准备。"家人阻劝无效,只好按照他的意思去做。一切料理妥当之后,他将奏折上报皇帝,来到客房,等待裁决。

皇上看到奏疏之后果然龙颜大怒。当他看到"陛下之误多矣，大端在修醮"，更是怒不可遏，狠狠地把奏折摔在地上，下令道："立即把这个海瑞抓来，不要让他跑了。"站在一旁的宦官黄锦说："海瑞根本不想逃跑，他在上书前就买好了棺材，现在只等着皇上降罪呢！"皇帝听到此话就觉得这个人很奇怪，又拿起奏折看了起来，看完之后，他也觉得海瑞说得有理，就说："他想当比干，可我不是纣王啊（比干是纣王的叔父，因直言猛谏纣王，被剖心而死）！"

在奏本中，海瑞用词激烈，但处处体现了他对皇帝的一片忠心。面见皇帝后，他说："厉行节约、振作精神，这一切并不要陛下多费很多工夫。皇上只要抓住事务的根本，文武百官就可以各尽其职，地方各级干部就可以使工作正常进行，这样，陛下所掌握的社会发展目标就可以实现了。"此番话让皇帝深有所悟，他觉得海瑞是一个忠臣，便更加重用他。

况钟

一心为民,两袖清风

——法行民乐,民留任迁。青天之誉,公无愧焉

姓　　名	况钟
籍　　贯	靖安(今江西省靖安县高湖镇崖口村)
生卒时间	公元1388年~公元1442年12月
人物评价	明代一位受百姓尊敬的清官,世人称他"况青天"。

况钟是明代著名的清官,不仅刚正廉洁,而且爱民如子。他在任职期间一直为人民做好事,除暴安良、兴利除弊、不遗余力,大受老百姓爱戴,而且为历史作了巨大的贡献。因此,百姓奉他为神,焚香祭拜。

善德搭起仕途桥

况钟生于靖安县龙冈洲(今高湖镇崖口村)的一户贫困家庭,7岁那年母亲逝世,幼小的他生活极为艰难,可凭着聪颖好学的劲儿,学到了许多做人做事之礼。而且他为人和善、性情秉直、处世明敏。

况钟24岁时,被本县县令俞益看中,选用他为礼曹吏员,由于他在职期间对上司忠心耿耿、成绩出色,9年后又被荐至礼部,经过永乐帝面试之后

决定让他任礼部六品主事一职。由于他勤谨廉洁、任劳任怨,并且识才卓绝,极得永乐帝的赏识,所以升他为仪制司四品郎中。宣德五年,又特选他担任"天下第一剧繁难治"的苏州知府一职。

在职期间,他清正廉洁,为当地百姓谋利,做任何事时以"民"为第一,所以赢得当地老百姓对他的爱戴和尊称,称他为"况青天"。1440年,况钟在苏州任职已满9年,准备回朝,可是苏州府士民张翰等1.3万人联名向直隶巡抚按察使张文昌上书,恳求况钟连任。当地百姓还创作了期盼况钟早日归来的歌谣:"况青天,朝命宣。早归来,在明年。"

况钟为官清廉、刚直不阿,一日三餐仅是一荤一素,居住之地没有任何华贵饰物。他与苏州父老告别时,写道:"检点行囊一担轻,长安望去几多程?停鞭静忆为官日,事事堪持天日盟。"

一心为民做善事

宣德五年(1430年),苏州贪官污吏相互勾结利用,有的做强盗,打劫客商;有的贩卖私盐,抗拒捕拿,百姓赋税繁重、民不聊生,于是朝廷派况钟前往苏州任知府一职,解决当下困境。况钟上任后不畏强暴,决心将那些害民的奸商一一捉拿归案。但是,这些奸商早就与府衙内的贪官们勾结起来了,那些贪官不仅不站在况钟一边,而且还处处拆台,想要给况钟一个下马威。初来乍到的况钟装作对此事毫无主张,顺着那些官吏的意思办事,使得他们很得意,觉得况钟可以为己所利用。

几天后,他招来群吏并宣布:"前几天,某件事是应该做的,是你不让我做;某件事是不应该做的,是你强行让我做的!你们有些人长期以来玩弄这种手段,罪当死!"于是将那些查有实据的贪官奸商们绳之以法,那些没有露出尾巴的人也再不敢贪污了。

况钟查办了管理圩田的圩长、圩老9000多人，这些人都是地方上的恶霸，他们为非作歹、欺压人民、为民加税。之后颁布了《革除圩老示》废除了圩老制度。当地的赋税非常繁重，使百姓常年背负赋税之苦，况钟便上书朝廷要求为农民减税，可是被户部驳回。他没有放弃，而是反复上书，在奏本上写道："仍照旧额征粮，有违恩命，抑且失信于民。"经过他的一再恳请，宣德七年，减税之事得到宣宗批准，减去官田租721600石，荒田租15万石，使负债累累的百姓松了一口气。此事之后，况钟率领民众疏浚河道、兴修水利、促进了当地的农业发展，还建立了济家仓，赈济灾民。

　　明朝军人都是有军籍的，如果他们战死在沙场或逃亡，就会让他们的原籍子孙来充补。宣德三年，御史李立、同知张徽奉命到苏州清理军籍，让原本因出军而不完整的家庭又惨遭残害。《吴江县志》记载："县民被冤为军者四百七十三名，而被杀者不可胜计。以一府七县计之，则其数愈多矣。"况钟看到这些受尽冤屈的人民，冒着生命危险上奏皇帝，指责："今用事之人舞文法外，不择当否，悉驱罗网而骈驽之。其意以能为国家益数千百辈军，殊不知事体非宜，为国生怨，其失尤大也。"在况钟的奏请下，160人免除了军役，1240人只本身服役，免除世役。

小官职，大作为

　　况钟在苏州任内忠于职守、除奸革弊、为民办事，不仅深得苏州人民的爱戴，而且为历史作了很大的贡献。

　　宣德年间，向来被称为"富庶"的苏州遇到了很大的经济危机，那里田地荒芜、粮食减产、人民流离失所、税务欠缴，陷入了一片混乱之中。朝廷派况钟前来扭转这一局面，结果况钟来了不到两年，就重新让苏州的老百姓过上了好日子。

江南往朝廷运官员们的粮食时,要经过大运河才能到北京,路途遥远且费劳力,而且不免在途中大量损耗,当粮食损耗之后还要百姓来补上,冥冥之中又加重了百姓的劳作之苦。况钟发现整个漕运系统混乱,而且收粮食的粮长经常以大斗进小斗出的方式来进行贪污。没有规定的储藏室,粮食放在粮长家里,完全记得是一笔糊涂账;粮食在运输途中出现损耗,由民众加耗,却没有合理规定,这样一来更使那些贪官污吏加大了中饱私囊的力度,而且好多人还在运输的途中,却已到了春天播种之时,他们因不能及时回家播种而耽搁了来年的收成。

对此,况钟实行了一项制度:一,申请工部颁发"铁斛",建立标准的量器,防止在量器上出现弊端;二,在各县建立"水次仓",制定明确的管理责任,建立"纲运薄",对收到的粮食写明细收据表;三,设立"加耗折征例",明确加耗标准;四,缩短民夫运送粮食的路程。运到瓜州、淮阴转交军运,加耗也交给军方,这样大大节约了民力。这些措施得到了朝廷的批准,不仅减轻了农民的负担还保证了国家的财政收入。随着"漕运"之事的妥当解决,好多外出流亡的人民都重新返回家乡。苏州的农业生产又日渐恢复,经济得以发展。

在生产正常运作和经济稳步上升的同时,况钟带领苏州人民兴修太湖一代水利,把大圩改小,在圩旁凿河,使抗旱排涝两便。正是由于况钟这些良好的改革措施,扭转了当时江南地区委靡不振的经济局面,也阻止了贪官污吏恶贯满盈的行为。

爱国之情,护民之意

况钟不仅是一个清正廉洁的好官,而且也是一名著名的诗人。他一生创作的诗主要是以规劝诗为主,诗中的字里行间都灌入了他的爱国情怀和孜孜爱民之意,他希望能通过规劝诗让皇帝知道自己维护百姓和爱国的思想,有深切的维众思想和艺术性。

他的《劝农诗》有二首，其一："田歌四起韵悠扬，阡陌循行劝课忙。父老挈觞随筛右，儿童驱犊驻车旁。丰穰有光流亡免，游情无民风俗良。早纳官租多积谷，防饥防盗乐无荒。"其二："嗟我微材愧牧民，车驱有句向农申。人生务本惟耕凿，世道还醇重蜡豳。粒粒皆从辛苦出，般般无过朴诚遵。迩来弊革应须尽，并戴尧天荷圣仁。"这是写给农民的，他以这两首诗表现了维护封建统治阶级利益的急切心情和希望百姓能安居乐业的愿望。他能够懂得农民的艰辛。虽然以统治阶级利益为前提，但他力图兴利除弊，让百姓丰衣足食。

况钟在注重民众经济繁荣、社会昌盛的同时还注重对于后代的思想教育和人才培养。对那些家庭困难却又好学的人，他会给予经济扶助，若是有才有德之人，他会向朝廷推荐，但决不会徇私舞弊开后门。如他的《又勉子侄诗》中所云："存心立品贵无差，子孝臣忠两尽嘉。唯有一经堪裕后，任贻多宝总虚花。膏腴竟作儿孙累，珠玉还为妻女瑕。师剑古箴传肖者，取之不竭用无涯。"他希望每个孩子都不要贪图荣华富贵，那些只是身外之物，但必须要拥有一颗善良纯洁的心，多学礼节才能取之不尽，用之不竭。作为一个封建社会的高官，能如此勤勉节俭和教育后代是非常难能可贵的。

况钟为官清正廉洁，身为朝中大臣却从不豪饰自己，他在《示诸子诗》中说他自己"虽无经济才，沿守清白节"。并且告诫他的儿子："非财不可取，勤俭用无竭。"

况钟的大多著作都收集在《况太守集》中。他的诗作简洁明了、质朴无华，却思想深刻，字字句句传达着爱国之情和护民之意，流露着深切的感情色彩。他死后，灵柩运回江西时，"民多垂泣送其柩归"。运载况钟灵柩的船中，"惟书籍、服用器物而已，别无所有。"很多地方为其立祠以做纪念。

包拯

一代传奇黑脸宰相
——为国效劳、为民解难,乃我辈本分,何惧之有

姓　　名	包拯
籍　　贯	庐州合肥(今属安徽)
生卒时间	公元999年4月11日~公元1062年
人物评价	包拯以廉洁公正、不攀附权贵著称,故民间称其"包青天"及包公。

包拯从一位小县官到朝廷宰相,一直为官清廉。他用一生的实践履行了自己人生的诺言,并且一直启迪着后世,为后人所敬仰。自宋代之后,没有任何一个老百姓不知道"包青天"包大人的鼎鼎大名。

青云直上为官路

包拯青少年时苦读诗书,在29岁时进京赶考,高中进士甲科。按照宋朝规定,考取进士之位就可在朝为官,于是包拯被派到建昌县(今江西永修)任职。可是,包拯觉得自己的父母年事已高,应在父母身旁尽守孝道,便辞去在建昌县(今江西永修)的职位,回到父母所在的故居安徽和州(今安徽和县)

为官。在职期间,他做事严明、为人正直,铁面无私的性格被老百姓所称颂。父母去世后,朝廷于庆历三年(公元1043年)将包拯调到首都开封,任命他为监察御史。做御史的好处就是可以毫不讳言地批评朝政,所以包拯很好地利用了这个机会,在用人和实施改革创新上为朝廷提出了不少好的建议,为宋朝的内政外交作出了巨大的贡献。

庆历六年(公元1046年)夏,包拯调任三司户部判官。当时的三司是中央财政机构,他的责任是协助三司使掌管全国的户口、赋税等。并且先后担任京东、陕西、河北转运使,负责一路(相当于省)的财政、监察等行政事务。在这期间,他的工作做得很出色。

两年之后,包拯被召回开封,提升为户部副使。在此期间,他解决了河北的军粮问题和陕西运城(今山西运城)盐业的问题。在嘉祐二年(公元1050年)被擢升为天章阁待制、知谏院,仍然负责监察和进谏等事务。在包拯兼任谏官期间,严厉打击了那些贪赃枉法的乱臣贼子,并且提出了新的政治改革方案。

两年后,包拯改任龙图阁直学士,并且再次外放到地方,去河北、庐州、池州(今安徽贵池)、江宁(今江苏江宁)等地任地方官,直到嘉祐元年(公元1056年)又返回京城,任开封府尹。经过数次外放历练,积累了足够的政治经验的包拯在嘉祐四年(公元1059年),被任命为枢密直学士、权三司使,正式成为了朝廷重臣。最终,包拯一直做到了三司使和枢密副使,相当于副宰相的高位。

包拯一生为官大公无私、廉洁严明,备受百姓的爱戴和拥护。黎民百姓都把他看作是神的化身,所以民间才有了各种各样关于包拯的传说。有人说他是天上的文曲星下凡,专门扶保大宋皇室、拯救黎民百姓,还有人说他下可制伏地狱小鬼,上可审判天神,所以死后在阴间做了阎罗王。由此可见,包拯的确是一位为民做主的好官,而在那个时期,他也是确确实实为百姓做了很多实事,这才成了后世百姓们口中津津乐道的话题。

明察秋毫包青天

仁宗年间,陈州一代大旱,发生饥荒,四处生灵涂炭、民不聊生。朝廷之前派去的救灾官员,一个是当朝权贵刘洪的儿子刘衙内,另一个是其女婿,两人贪赃枉法、鱼肉百姓,还打死了许多饥民。户部尚书范仲淹上殿奏本,举荐包拯到陈州粜米济赈,并查办此事。

刘洪早知包拯清正廉洁、铁面无私,所以故作关心半夜来访,对他说:"陈州饥民多是亡命之徒,包大人此番出赈,可要当心。"他是想让包拯知难而退,不去陈州。包拯却说:"为国效劳、为民解难乃是我的本分,有什么可怕的?"刘洪见劝阻无效,便改口说道:"包大人此去陈州,望对我儿、婿多多关照。"包拯答道:"这个我心中有数,感谢你今天来向我传递消息,将来有什么事情,我也会派人向你传递消息,以作回报。"

包拯自己微服来往陈州,却让护卫王朝随后来到。包拯打扮成一副乡民的样子,混入饥民之中,来到衙门购买赈米,只见刘衙内两人一副盛气凌人的样子,表面上督促差役粜米,实则在米中掺入大量泥沙,提高价格,以次充好,使难民苦不堪言。要是谁敢提出抗议,便棍棒相迎。

包拯看不下去了,便高声喊道:"身为朝廷命官,竟敢如此荼毒百姓,天理何存?"刘衙内见包拯当众揭短,不由恼羞成怒,呵斥道:"住口,我看你是不想活了!"马上吩咐差役将包拯吊在树上。正在此时,手持金牌、背插宝剑的王朝赶到了,两个贪官见钦差前到,赶忙迎接。

王朝说:"包大人比我来得早,不知现在何处?"刘衙内说:"下官不曾见包大人来过。"王朝看见包拯被吊在大树上,赶紧上前为其松绑,刘衙内这才知道这个不服管的黑脸"灾民"竟然就是铁面无私的包大人,急忙上前给包拯赔礼道歉。包拯喝道:"你们贪赃枉法、荼毒饥民,我不但亲眼看见,而且亲身经历,你们还有何话可说!"刘衙内二人哆嗦着一句话也说不出来。包拯当着众多灾民将他俩法办,并让其立下罪状,签字画押。

在场饥民齐声喊:"包青天!"刘衙内得知此事非常恼怒,但他觉得事情还有扭转的局面,便连夜进宫见驾,因他在皇帝面前一直很得宠,所以颠倒是非,皇上却轻信了谗言,下圣旨:"活的赦罪,死的不赦。"使刘衙内转败为胜,他亲赴陈州,当着包拯的面宣读。包拯当场问道:"济赈两官员何在?"众差役答道:"已经死了。"包拯又问:"饥民首领何在?"众差役答道:"押在狱中。"

包拯反驳道:"奉圣旨,两个贪官理该处死,不准赦其罪;李大胆之子,为父报仇是为义举,应予释放。"这一宣判使刘衙内当场昏厥,从此一病不起。处理完此案件之后,包拯在陈州施米求民,使沉陷在水深火热中的饥民得救,陈州这一代又渐渐恢复平稳。

刚直不阿是包拯

一个人之所以能在青史中流芳百世,那就必有其过人之处。而包拯之所以名垂青史,正是由于他一生为官清廉,为人刚直不阿,也是因为他为民做实事、做好事的行动感动了世人,感化了当时的社会。他的道德品质和思想观念是普通人所难以企及的。

首先,他作为百姓的父母官,为人刚直,从不曾两面三刀、阳奉阴违。他遇事时不会趋炎附势、看人行事。就是在人人顺而为之的皇帝面前,他也是直言不讳。他曾为了立太子之事冒死直谏,也曾看到皇帝的许多亲信在朝中拥权夺势,却不为朝廷效力,他便对皇上说:"宫内的亲信宦官权力太大、待遇太多,应该精简人员和开支,这当然要得罪皇帝的亲信左右,招来不测之祸。"而这些话一旦触怒皇上便会引来杀身之祸,还好宋仁宗比较开明,便说:"忠鲠之言,固苦口而逆耳,整有所益也,设或无益,亦无所害,又何必拒而责之?"如果是他人,也许包拯早就人头落地了。

刚直的包拯,有时甚至不顾礼节,在朝政上当面斥问宰相或其他大臣,使得他在为国效力的同时也得罪了很多朝廷重臣。但是这种刚正不阿的大无畏气概却迎来了当时百姓的爱戴和一些有正义感的臣僚的钦佩。欧阳修称包拯"天姿峭直",但是他却不赞同包拯的做法,认为包拯太过刚直、"思虑不熟"。可是在宋仁宗时代真是十分需要包拯这样的人,也许当时人人都喜欢听奉承的话,包括宋仁宗这样开明的皇帝,所以包拯始终都没有被提为宰相。包拯却并没因此而"无心为朝",而是更加积极地为朝廷效力。

他为了更专注地为朝廷效力、为民做事,还写了一首诗随时提醒自己:

书端州郡斋壁

包拯

清心为治本,直道是身谋。

秀干终成栋,精钢不作钩。

仓充鼠雀喜,草尽兔狐愁。

史册有遗训,毋贻来者羞。

包拯虽刚直果断,却并不主观武断,他既善于刨根究底地追求事情真相,又乐于听取别人的意见。每当别人指出他的错误时,他都能虚心接受,所以司马光说他"刚而不愎,此人所难也"。

包拯大公无私、不谋私利,从不会中饱私囊。身为朝廷重臣,他的一生却非常俭朴,过着貌似老百姓的生活。包拯为自己的家族写过一则家训,并刻在家中的墙壁上,内容是:"后世子孙仕宦,有犯赃滥者,不得放归本家,亡殁之后不得葬于大茔之中,不从吾志非吾子孙。"其意为:包拯历求后代要和他一样和善待人,不可以贪赃枉法,若有人没有这么做,就不归为包家后世子孙,逝后也不得葬入包家祖坟。

　　据墓志铭载：包拯有三位妻子，分别是张氏、董氏和孙氏，董氏生了一个儿子叫包繶，但婚后两年染病身亡。后来包公纳了随嫁的侍婢孙氏为妾，生下一个儿子叫包綖，后改名为包授。因为包授的出生，包氏家族才得以繁衍。此外，包公还有两个女儿。包公于宋仁宗嘉祐七年（公元1062年）病逝于开封；董氏于公元1068年在合肥病逝，与包拯合葬。

白居易

简易诗派的领军人物
——为君、为臣、为民、为物、为事而作,不为文而作也

姓　　名	白居易,字乐天,晚号香山居士
籍　　贯	河南省新郑市
生卒时间	公元 772 年 2 月 28 日~公元 846 年
人物评价	御封"太子少傅",谥号"文",世人称他为"白文公",是简易诗派的领军人物、我国唐代伟大的现实主义诗人。

　　白居易是唐朝著名的现实主义诗人,他的一生与杜甫一样,也经历了求仕、谪贬之路。也正是他在仕途不达之时看到了社会的腐败和黎民百姓的疾苦,从而激发他创作了启迪世人的名著佳作,为后人留下了硕大一笔人文财富,是中国文学史上负有盛名的诗人和文学家。

逆境中的奋起

　　白居易祖籍山西太原,生在中小官僚家庭。白居易的祖父白锽曾是巩县的县令,父亲白季庚因对抗李正己的叛变有功,所以被封为散大夫、大理少卿,还兼任徐泗观察判官。

白居易出生不久，河南一带发生了战事。军阀李正己割据了河南的十余处州县拥兵自重，于是，白居易的父亲，由彭城县令升任徐州别驾的白季庚便送儿子到南方避乱。小小年纪就离家避难，随后南北奔走，备尝艰辛，所以白居易15岁时便写下了这首记录当时真情的绝句："故园望断欲何如？楚水吴山万里余。今日因君访兄弟，数行乡泪一封书。"后来有一首寄兄弟与妹妹的七律也写得较好，历来为人称道。从这些诗中可见白居易当时的生活状况和心里感受。从他家骨肉分散的情况也可以反映出当时社会动荡不安、人民流离失所的程度。白居易的少年时代就是在这样的环境中度过的。

白居易青年时期家道中落，长期生活在社会底层，所以深知平民百姓的疾苦。唐德宗贞元三年，白居易迁至长安，拜访当时当地最有名的士子顾况。顾况见到白居易时，便笑着说："长安的物价很贵，生活起来着实不易啊。"可是当顾况看到白居易的诗篇时却不由得感叹："你能写出这样的诗句，就是天下也去得，我之前只不过是跟你开个玩笑罢了。"

贞元十六年（公元800年），29岁的白居易迎来了人生的转折，他以第四名的成绩考中了进士。31岁时，试书判拔萃科，与元稹等同时及第，与元稹相识，从此成为莫逆之交。在32岁那年春，白居易被授校书郎，算是步入了仕途。

为官不忘百姓苦

唐宪宗元和元年，白居易罢校书郎，因为唐宪宗当时也甚是喜好文学，所以白居易才因此而得到了皇帝的赏识，并加以提拔。他为了报答皇帝的知遇之恩，为官期间尽职尽责，因此频繁上书言事，而且写了大量反映社会现实的诗集，甚至当面指责皇帝的错行，而他这种太过直接的言事行为触怒了唐宪宗，唐宪宗便向李绛诉苦说："白居易这小子，我这么提拔他，他竟敢对我无礼,这真让我寒心啊。"李绛却劝皇上说白居易是一片忠心,所以才不顾自己的生命安危向皇帝直言进谏,劝唐宪宗能宽宏大量,接纳白居易的进谏。

白居易写了大量讽喻诗,其中《秦中吟》和《新乐府》是其代表作,这些诗使那些权贵们咬牙切齿却又无可奈何。元和六年,白居易的母亲因患病死在长安,白居易按当时的规矩,回故乡守孝3年,服孝结束后回到长安,皇帝安排他做了左赞善大夫。

元和十年六月,宰相武元衡和御史中丞裴度遭人暗杀,裴度受了重伤,武元衡当场身亡。面对如此情形,那些掌管大权的宦官却袖手旁观、无动于衷,白居易当时为他们的行为而感到十分气愤,便向皇帝上书缉拿凶手,以正朝纲。那些宦官不仅不出面相助,却还说他抢在宦官之前进谏是越级行为,而且王涯上报皇上,说他母亲是看花时不慎坠井而亡的,而白居易却频频作赏花和叙井之诗,是对先人的不敬,这样的人不配在朝为官。就这样,白居易被贬为了江州司马。

实质上,让白居易在仕途上遭遇不幸的不是上述原因,而是因为他写了大量的讽喻诗,诗集大部分是以物喻那些身在朝堂却心无苍生之人。贬谪江州成了白居易的转折点,在这之前,他想一心为官,解救苦难生灵、报效国家;而被贬之后,他仍心系苍生,但是却已经心有余而力不足了,逐而开始了独善其身的生活。贬州之后的失意让他作出了流芳百世的《琵琶行》,其中"面上灭除忧喜色,胸中消尽是非心"写出了他此刻的愁绪。虽然白居易在江州不得志,但是在生活上却怡然自得,他在庐山香炉峰北建立了草堂,并且四处游走,实探民情,因此在这一时期内,白居易的著作颇多而厚实。3年后,因好友崔群的扶助,将他提升为忠州刺史。

"清正廉洁"诗中现

白居易是盛唐时期最著名的大诗人,他写作时全力表现创作的写实性,这一点在中国诗史上占有极高的地位。在《与元九书》一诗中:"仆志在兼济,行在独善。奉而始终之则为道,言而发明之则为诗。谓之讽喻诗,兼济之志也;谓之闲适诗,独善之义也。"就可以看出,白居易在讽喻、闲适两类诗中体现出"奉而始终之"的兼济和其独善之道的理念,所以他的诗盛受重视。

白居易主张创作性的诗,主要是在他早期为官时写的讽喻诗中表现出来。在《策林》中,"今褒贬之文无核实,则惩劝之道缺矣;美刺之诗不稽政,则补察之义废矣……"就表现出白居易重写实、强调讽喻的倾向。他不主张华而不实的写作风格,所以齐梁历来"嘲风月、弄花草"的艳丽诗风是白居易比较反对的,实而不华、实事求是是白居易的作诗标准,这在《新乐府序》"其辞质而径,欲见之者易谕也;其言直而切,欲闻之者深诫也;其事核而实,使采之者传信也;其体顺而肆,可以播于乐章歌曲也"中强烈地表现出来了。

白居易作了许多反映民情悲苦的讽喻诗,他觉得只有将民情进谏给皇上,让皇上知道人民的疾苦并极力治国,才会有"盛世"。"唯歌生民病,愿得天子知。"就写出了他的心声。

白居易综合儒、佛、道三家的思想,所以讽喻诗表现出其志的"兼济",它与社会政治是相辅相成的,也是白居易讽喻诗最显著的艺术特色。白居易最成功的诗作是《长恨歌》与《琵琶行》,其抒情因素的强化是艺术表现上最突出的特点。与之前的诗作相比,这两篇诗在叙述人物、事物上简而又简,通常是寥寥数笔将其带过,反而在人物心理的描写上和环境气氛的渲染上泼墨如雨、务求尽情。这两篇作品的抒情性还表现在以唯美的意象来营造恰当的氛围、烘托诗歌的意境上。如《琵琶行》中"枫叶荻花秋瑟瑟"、"别时茫茫江浸月";《长恨歌》中"行宫见月伤心色,夜雨闻铃肠断声",诗人将瑟瑟作响的枫叶、荻花和茫茫江月构成凄凉孤寂的画面,其中透露的哀伤、怅惘的情感,为诗中的人物、事件一齐染色;或将淅沥的夜雨、凄冷的月色、断肠的铃声组合成令人销魂的情景。

除讽喻诗外,白居易还很擅长写闲适诗,其浅切平易的语言风格、怡然自得的情怀,都为世人称道,他那知足保和的"闲适"思想与陶渊明的生活态度相接近,因此更符合后人的心理,所以影响更为深远,如(《不如来饮酒七首》其七)中"相争两蜗角,所得一牛毛"、(《对酒五首》其二)中"蜗牛角上争何事,石火光中寄此身"的诗句,就表现出了他悠然自得、与世无争的情怀。

白居易和李白、杜甫一样,也嗜酒成性,在《问刘十九》中"绿蚁新醅酒,红泥小火炉。晚来天欲雪,能饮一杯无?"在《与梦得沽酒闲饮且约后期》中"共把十千沽一斗,相看七十欠三年。"在《赠元稹》中"花下鞍马游,雪中杯酒欢。"都把诗人喜欢喝酒的情志描写得淋漓尽致。白居易逝后,洛阳人和游客得知白居易生平嗜酒,所以前来拜墓提壶而挥,地面上常年都是湿漉漉的。在历史中不仅有白居易造酒的记载,而且至今,在洛阳一带还流传着"白居易造酒除夕赏乡邻"的故事。

白居易同样是一位杰出的散文家。事实上,在古代,白居易的文誉尚在韩愈之上,他的散文在唐朝、五代曾享有盛名。白居易的诗歌现存约有3040余首。他最注重的是讽喻诗,但对后世影响最大的是新乐府诗。

平民诗人,诗中之魔

白居易是日本人最喜欢的唐代诗人,他的诗歌在日本广为流传,日本的古典小说中常常引用他的诗文,在日本人的心中,中国唐代诗歌的巅峰人物非白居易莫属。白居易生前曾自编其集《白氏文集》,内载其诗文3800多篇,因后人保管不慎导致散乱。现存世最早的《白氏文集》是南宋绍兴的刻本,收录诗文3600多篇,里面有几十篇他人的作品。绍兴本与明马元调重刻本、日本那波道园1618年本基本相同。今人都是以绍兴本为主来学习白居易的诗。

白居易所作的《新乐府》、《秦中吟》共60首,确实做到了"唯歌生民病"、"句句必尽规"。《新乐府》诗主要是从理念出发,所以在情感上有渲染力不足的缺憾。而《卖炭翁》序为:"苦宫市也。"写的是朝廷以管市为由强行掠夺百姓财物,揭露了当时为官之人的贪婪和社会的腐败。

白居易的最伤情诗是长篇叙事诗《长恨歌》与《琵琶行》。《长恨歌》描写了唐玄宗和杨贵妃的爱情悲剧故事。前半篇讽刺了唐玄宗的好色荒淫、不务朝政而导致了安史之乱的爆发,这是引起了"长恨"的原因;后半篇却充满同情地描写了唐玄宗对杨贵妃的相思之情,使全诗的主题思想从讽刺转为同情并美化了他们的相爱之情。以前实后虚的情节构幻出了唯美的仙境,这篇诗在艺术上有很高的成就。

白居易的诗歌平易近人,孩童妇老都能读懂他的诗,因此在当时广为流传,唐宣宗在《吊白居易》诗中写道:"童子解吟长恨曲,胡儿能唱琵琶篇。"

后代作家根据白居易的故事将诗集分类,马致远、蒋士铨把《琵琶行》分为《青衫泪》和《四弦秋》;把《长恨歌》分别作《梧桐雨》、《长生殿》。白居易的诗词句也多为宋、元、明话本所采用。其《策林》一诗识见卓著、意气风发、词畅意深,是追踪贾谊《治安策》的政论文;《与元九书》洋洋洒洒、笔调深入,是唐代文学批评的重要文献。《荔枝图序》、《草堂记》、《三游洞序》、《冷泉亭记》等文笔简洁、平浅易懂,为唐代散文中的优秀之著。白居易不属于韩柳文学团体,但也是新体古文的倡导者和创作者,是词创作的领军人物,《浪淘沙》、《长相思》、《忆江南》、《花非花》诸小令为后世词人的发展开拓了道路。我们都知道李白的称号是"诗仙",杜甫的称号是"诗圣",白居易也有着类似的称号,他的称号是"诗魔"。

白居易时时刻刻心系着黎民百姓的疾苦,当他无力救国时,依然没有放弃对人民的关注,而是把心系苍生的力量集聚在他不朽的笔下,成就了千古名扬的著作。白居易所作之诗不仅是为了倡导新体古文的运动,更重要的是批驳了当时封建社会主义的旧思想和贪官污吏的恶行。

杜甫

伟大的现实主义爱国诗人

——为人性僻耽佳句,语不惊人死不休

姓 名	杜甫,字子美
籍 贯	河南巩县、祖籍襄阳
生卒时间	公元712年2月12日~公元770年
人物评价	盛唐时期伟大的现实主义诗人。他不仅诗艺精湛而且忧国忧民,人格高尚,被后世尊称为"诗圣",他的诗也被称为"诗史"。

杜甫是一位才华横溢的诗人,他在仕途之路经历了种种坎坷之时看到了官场的黑暗,从而激发了他的创作思想。他一生创作了许多诗集,而这些诗集大都反映了当时社会的腐败和诗人忧国忧民的情怀。

顽皮的少年,齐名的挚友

杜甫幼时家境贫寒,关于他成年之前的生活境况,历史上记载甚少,而他年少时期的人生背景主要来源于他后来所作的诗歌。杜甫生于公元712年2月12日,但准确的出生地尚且无人知晓,据史册记载是在巩县(今河南巩义市)。

杜甫是个早熟的孩子,他聪明好学,年纪很小就能作诗。但是,才华并不能掩盖他的顽皮,"忆年十五心尚孩,健如黄犊走复来。庭前八月梨枣熟,一日上树能千回"这首诗就是证据。

杜甫因为喜欢攀山涉水,早在青年时就漫游诸多地方,而在途中却一直是他只身一人。19岁时,他出游郇瑕(今山东临沂)。20岁时漫游吴越,历时数年。公元736年,他只身前往洛阳参加进士考试,却名落孙山。

第二年,杜甫又一次开始了漫游,这一次是在齐赵之地。他晚年回忆当时的情景是:"放荡齐赵间,裘马颇清狂。"(《壮游》)在这两次漫游里,杜甫看到了祖国秀丽雄伟的山川,吸取了江南和山东的文化,扩大了眼界,丰富了见闻。

公元741年,杜甫与李白这两位中国诗歌历史上里程碑式的人物在洛阳相遇了,两人一见如故,结伴在梁宋之地漫游,并结成了莫逆之交。之后,杜甫拜别李白于齐州(今山东济南)。4年后的秋天,杜甫前往兖州与挚友李白相会,两人一同寻仙访道、谈诗论文,度过了一段美好的时光。几个月后,两人依依惜别,别前,两位大诗人互赠诗词,杜甫赠李白"痛饮狂欢空度日,飞扬跋扈为睡雄",而李白则为杜甫写下了"飞蓬各自远,且尽手中杯"的名句。

心系苍生求仕途

杜甫不仅仅在文学上有着过人的天赋,而且一心想着为官救民,不过却始终没人赏识他的才华,推荐他做官,因此,杜甫在公元736年落榜后便一心写作诗集,他那个时期的诗作有20余首,多是五古和五律,代表作有《望岳》,而这首诗主要表达了杜甫不怕困难、敢于攀登绝顶、俯视一切的雄心。

杜甫为了在仕途上有所进展,3次向皇帝献《大礼赋》恳求任用,终于博得了唐玄宗的赏识,但是因为一些图谋不轨之人从中作梗,一直拖了4年才获得了一个右卫率府胄曹参军(掌管兵甲器仗及门禁锁钥)的小官职。

仕途的失意沉沦和个人的贫困潦倒让他更加深刻地认识到了官场的腐败和人民的疾苦,生活的困苦迅速磨光了他的锐气,青年时代的那种宏图大志逐渐地被世俗剥蚀净尽,使那个一心为官的杜甫逐渐成为了一个忧国忧民的诗人,并且随之产生了《兵车行》《丽人行》《前出塞》《后出塞》《自京赴奉先县咏怀五百字》这样的不朽名篇。

这时,社会大动乱的预兆已在这时的政治舞台上酝酿出了影子,唐玄宗李隆基昏庸无道,整日沉迷于声色,挥霍无度,那些蒙心造反的人已蠢蠢欲动。唐玄宗好大喜功,却对边疆各界滥施武力,毁掉了国内各民族间的融洽关系,社会的矛盾日益锐化。

不久,"安史之乱"爆发了,唐朝的都城长安迅速被叛军攻陷。在此之后,杜甫经历了逃难、陷贼等种种苦难,后来终于在凤翔投奔了唐肃宗李亨,被任为左拾遗,做了侍从皇帝的谏官。然而好景不长,杜甫为了营救被罢相的房琯而批评唐肃宗,唐肃宗大怒,几乎将杜甫问罪。触怒了皇帝的杜甫被贬到华州(今陕西华县)做司功参军。公元759年,杜甫丢弃了华州的官职,前往秦州(今甘肃天水),后经同谷(今甘肃成县)进入四川,过着漂泊无依的生活。中间有一段时间,杜甫以检校工部员外郎的官衔充任节度参谋,但由于某种原因却依然无所作为,半年后被辞退。这时的杜甫已经是贫病交加、仕途不顺,再加上居无定所使得他迅速地衰老下去。公元770年冬,这位中国历史上的诗坛巨擘凄凉地死在了长沙与岳阳之间湘江上的一艘小船之中,终年59岁。

杜甫一直心系苍生,却因社会的腐败和官场的黑暗使他求官不达,也正是这些坎坷的经历激发了杜甫的文学创作思想,才得以在历史上为后人留下一笔人文财富。

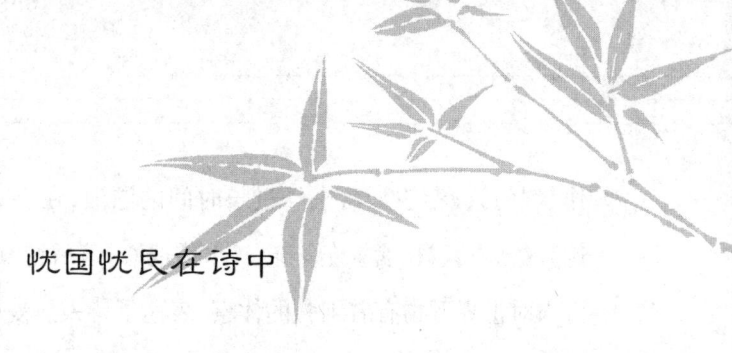

忧国忧民在诗中

杜甫的诗歌创作现存1400多首,它们深入地反映了唐朝安史之乱前后20多年的社会风俗,记录了杜甫毕生的人生经历,是唐代诗歌最著名的成就。后人称他为"诗圣",而他的诗被称作"诗史"。

长安陷落后,他北上投奔唐肃宗,但半路被恶人所俘,后来冒死从长安逃回凤翔找到唐肃宗,在他麾下受任左拾遗。不久因房案直谏忤旨,几近一死。公元758年5月,外贬华州司功参军。而此时的杜甫看到社会的腐败和官场的黑暗,他本想做官,解救正在水深火热中的黎明百姓,可是命运却这般残酷。面对生灵涂炭的情景,他无力以还,只能借笔来抒写那些可怜百姓的悲痛和自己的无奈。他对现实有了更加客观的认识,先后写出了《春望》、《悲陈陶》、《北征》、《羌村》、"三吏"、"三别"等传世名作。这一时刻流传下来的诗歌约有200多首。

战争时期的著作在杜甫的人生中占了比较重的分量,所以这一时期写的事比较多,他主要写出了当时社会的腐败和百姓的悲苦。所作的诗有《兵车行》、《又上后园山脚》、《观安西兵过赴关中待命二首》、《观兵》、《岁暮》等,还有《前出塞》和《后出塞》两首诗,诗中,他以一个战士的自白描述了无数烈士的不幸命运,歌颂了战士的英勇壮烈,又批判了君王的骄横跋扈。在"三吏"、"三别"中同情人民的痛苦,但大敌当前,他却无力解救,只能看着人民受苦受难。

杜甫一生中创作了大量诗歌,短篇有《有感》、《洗兵马》、《丽人行》、《三绝句》、《病橘》、《茅屋为秋风所破歌》、《又呈吴郎》,长篇有《往在》、《夔州书怀》、《遣怀》、《草堂》,内容都比较注重情感与事实,抒情色彩极为浓烈。

杜甫也有很多诗歌是咏自然。诗歌对象的题材广阔、人景相融。有代表作《剑门》、《春望》。后来经过长时间的漂泊，在心灵得到慰息之时作了《屏迹》、《为农》、《田舍》、《徐步》、《水槛遣心》、《后游》、《春夜喜雨》等诗，诗中，诗人对世界万物有着细腻的体察，表达了诗人热爱田园生活的情怀。

杜甫思友念亲的诗大部分情深义重、柔情素裹。在外怀念妻子创作了深情的《月夜》，而《月夜忆舍弟》则是怀念其同父异母的弟弟。他和挚友李白分别后曾多次在诗中提到了李白，写李白的诗有15首之多，体现了他和李白深厚的友谊。

杜甫的其他诗作还有《哀江头》、《羌村三首》、《北征》、《春宿左省》、《洗兵马》、《赠卫八处士》、《新安吏》、《新婚别》、《石壕吏》、《垂老别》、《佳人》、《城西陂泛舟》、《自京赴奉先县咏怀五百字》等都是历史名作。

公元770年冬，杜甫死于长沙到岳阳的船上，而在这之前的诗作有《茅屋为秋风所破歌》、《闻官军收河南河北》、《秋兴八首》、《登高》、《又呈吴郎》等430多首，有绝句、律诗，也有长篇排律，大部分写的是补贬之后几经奔波至岳阳、长沙、衡阳、耒阳之间，但生活依然无所凭依，那段时间，他很多时间都是寄居在破船上。诗中的杜甫心力交瘁，苦无所托，却依然心系苍生，其中"战血流依旧，军声动至今"便描述了他此时的心情。

深邃思想耀千古

杜甫的诗歌在语言上普遍具有"沉郁"的色彩，其诗歌风格的形成与当时的社会面貌和其恪守的儒家思想有着密切关系。而他的构作思想和写作模式大多是反映当时的社会面貌，其取材广泛、寓意深刻，在精深博大的中华传统文化中蕴含着丰富的精神资源。他居安思危的忧患意识、富贵不淫、贫贱不移的大丈夫气概一直启迪着后人，尤其是《三绝句》、《病橘》、《茅屋为秋风所破歌》、《草堂》、《遣怀》等诗集描述了民间疾苦，多抒发他悲天悯人的忧国忧民情怀，对中兴济世的热切、对辗转流离的悲痛、对生活生灵涂炭的愤慨、对物源衰竭的痛惜，而这些沉重情感的表达，使得杜诗的语言趋于"沉郁顿挫"。

事实上，杜甫也并不完全是一个满面风霜、整日饱含忧愤的人，他也同样有自己狂放不羁的一面，我们从《饮中八仙歌》这首名作中就可以看出杜甫的冲天豪气。

杜甫的诗歌在格律上具有炼字精到、对仗工整的特点，符合中国诗歌的"建筑美"，如"风急天高猿啸哀，渚清沙白鸟飞回，无边落木萧萧下，不尽长江滚滚来"就是他所表现出来的非凡风格。而正是这些特点，让后人深刻地记住了他。